Maliseche

El Despertar

Jesús Todemun

Maliseche Pagtukod
Libro Uno

Escrito Por Jesús Todemun

Autor de la novela: Jesús Todemun
Editor: Emiliano Navarrete
Edición: Javier Cuevas y Jean Véliz D'Angelo
Arte y diseño de portada: José Canales
Diagramador: Chris Fattori

ISBN
978-956-9505-33-1

Segunda Edición
Enero del 2019
Escrito en Santiago, editado en Puente Alto

Prólogo

La "literatura de anticipación", como podíamos llamarla antes de 1937 a la "ciencia ficción", se caracterizaba por mostrarnos un mundo lleno de maravillas tecnológicas, movida en su mayoría por la Revolución Industrial y su creciente influencia en la sociedad. No era de extrañar que en esa época se gestaran obras maestras del género, de la mano de Julio Verne o H.G Wells, escritores que plasmaron las bases de la Sci Fi moderna, influenciando de manera abierta a otros grandes que vendrían después.

Durante y después de la Segunda Guerra Mundial, ese mundo que nos mostraban tan lejano, distante, quizás inalcanzable, estaba allí, a su alrededor al servicio de la maquinaria bélica. Debemos dejar claro que los grandes avances tecnológicos y médicos se producen en época de guerra, cuando la inventiva del hombre tiene rienda suelta para lanzarse a las más locas investigaciones. Ese mismo efecto se produce en la sociedad, los seres humanos buscan maneras de poder entender este mundo que cambia con rapidez, y una de esas formas es la literatura, ya que la información comenzaba a estar al servicio de todos.

Las grandes migraciones de personas, permitieron que muchas de ellas buscaran nuevos lugares para asentarse y poder vivir una vida tranquila, lejos de los horrores de una guerra que consumía al planeta, muchos de ellos construían mundos, donde las cosas podían ser mejores; otros comenzaron a mirar al cielo, encontrando allí una fuente inagotable de ideas e inspiración.

Las mentes brillantes se dieron cuenta que sus conocimientos podían usarlos para crear mundos imaginarios y hacerlos más realistas, sitios donde las leyes físicas podían ser usadas a su favor, para poder explicar hechos que antiguamente solo podían atribuirse a los hechiceros en mundos mágicos. Ahora tenían las herramientas para acercar de mejor manera a otros, quienes buscaban lo mismo que ellos: lugares lejanos y aventuras inimaginables.

Ese mismo fenómeno, llevó a la ciencia ficción a bifurcarse de maneras extrañas, creando sitios fantásticos, utópicos, pero también a mostrarnos la naturaleza del hombre, arrastrándonos a sitios oscuros, futuros, donde a ninguno de nosotros nos gustaría estar, pero necesarios para darnos cuenta de las alternativas a las cuales nos vemos enfrentados día a día.

Es en estos desvíos o caminos secundarios donde Jesús Todemum, nos muestra aquellas alternativas, esas vías que podrían resultar incómodas para algunos, o demasiado interesantes para otros. Nos ilumina con un universo plagado de seres clásicos en la ciencia ficción, tecnologías maravillosas que nos harían muy fácil la vida hoy, pero nos da una mirada interesante y quizás incómoda de la naturaleza humana, donde la sexualidad está presente en todo ámbito de cosas, moviendo el universo incluso en sus confines más alejados.

Maliseche es una obra que nos muestra de manera descarnada, cómo podría ser nuestro futuro a la hora de seguir colocando barreras y cercas entre quienes son diferentes, tratando de manera horrible a los considerados como seres de segunda e incluso tercera clase.

Bajo mi punto de vista, encontré una versión de la ciencia ficción totalmente nueva, una que me dejó descolocado, cuestionando mi visión y limites de las obras a la hora de ser escritas. Me sumergí en un libro lleno de imágenes familiares para quienes estamos habituados al lenguaje de la tecnología, pero muchas de ellas torcidas y remendadas, como un Frankenstein moderno, esperando por su criatura.

Incluso las inapelables "Tres leyes de la robótica", escritas hace tantos años por Asimov, son destruidas para dar libre albedrío a las máquinas más increíbles, dejando a la deriva y en la incertidumbre cualquier posible desenlace. Este libro nos sumerge en la mente desquiciada de su protagonista, quien es arrastrado por sus deseos y más bajos instintos; un ser perturbado desde los más profundo del ser, alguien que no querrían encontrarse en su camino, pero que finalmente tiene un papel muy importante a la hora de tomar las decisiones. Un sitio oscuro y dantesco para cualquiera que espera encontrar una obra de ciencia ficción típica. Se adentrarán en la mente de un contemporáneo Marqués de Sade, pero esta vez potenciado y sin límites de explorar.

Quizás al final podamos encontrar una luz de esperanza, en un universo que de una u otra manera (al igual que la raza humana) busca autodestruirse y volver al comienzo.

Michel Deb
Escritor

Nyini

Fecha de navegación estelar:
13Tlo'k 3Flo't 6Clo't 9Nu'k 7Du'k 2Me'k 4Ke'k DP
Ubicación intergaláctica específica actual:
desconocida
Última ubicación intergaláctica conocida:
Planeta Fena

—Bitácora del capitán —expresó sin ánimo el capitán Maliseche Pagtukod, con la voz cansada y ligeramente decepcionada aquel ke'k—. Sexto du'k de búsqueda sin resultados concluyentes, planeta Fena en la órbita de la estrella Aubweya también descartado —cerró mientras lentamente se ponía de pie y activaba los mecanismos de encendido de la nave pues, a pesar de su evidente agotamiento y malestar, el fornido za'taiwo no estaba dispuesto a dar por terminada la búsqueda hasta completar su objetivo.

Maliseche era un tipo sencillo. Disfrutaba del buen licor, el sexo y las apuestas. Aunque su apariencia era poco amigable, en el fondo, no dejaba de ser un za'taiwo de palabra y honor. Solía preferir, antes que la compañía de otros seres orgánicos, la compañía de su mascota Nyini: una pequeña, amigable y peluda compañera de viaje de raza Edidi-Wamkazi que consiguió gracias a la mejor partida de sëschým de su vida; jugada en contra de un grupo de contrabandistas za'tizilowi de los cuales, dada la falta de capacidades físicas para comunicarse, poco y nada entendía de su dialecto. A pesar de no saber más que el nombre de la raza de esta adorable mascota, cada vez que le veía podía sonreír pues le causaba una melancólica gracia pensar que su decepcionante premio era la mejor compañía orgánica que había tenido jamás en su vida, y a su vez, recordar con nostalgia que además de aquella felpuda y flotante amiga solo había llegado a tener sentimientos reales por una hembra za'taiwo, y claro, no cualquier hembra, sino una que pudo llamar muy particularmente su atención. La conoció por casualidad en una fiesta de gala en el planeta Chipani, a la que había sido invitado personalmente por un osado político intergaláctico, quien fuera un íntimo amigo suyo de infancia, donde para el capitán Pagtukod la tentación de la barra abierta era mayor que la de conocer viejos y amargados políticos interplanetarios. Fue allí, entre el humo de su cigarro y el exceso de licores desconocidos, que pudo escuchar aquella excitante voz, la cual aún se mantenía intacta en un sólido recuerdo clavado en su memoria.

Pagtukod solía ser bastante reservado y confiado, más aún en lo que su nave concernía, incluso llegó un momento en el que considerando un mero gasto de energía debido a la seguridad de la misma, desactivó las cámaras de vigilancia interna, sin embargo, aquella noche había bebido más de lo habitual y, sin una razón que pudiera recordar, terminó realizando en su nave cuanta fantasía pudo con aquella fémina, de la cual ahora solo podía recordar tres simples cosas: su nombre, su voz y el afrodisiaco aroma de sus fluidos vaginales. Ahora Maliseche, guiado por las escasas pistas que poseía, tenía una sola meta en su vida: recuperar a «Higpit'inga».

—Melindai —pronunció el capitán mientras apretaba su nuca, a lo cual una voz algo robótica, pero notoriamente femenina, respondió.

—A sus órdenes, capitán.

—¿Dónde estamos?

—Triangulando ubicación, capitán —respondió al instante Melindai, quien era un sofisticado sistema de inteligencia artificial encargada de cumplir con cualquier función integral que la nave requiriera y que Pagtukod ordenara; dotada además de un sistema evolutivo que le permitía comprender y emular las emociones humanas. Esto generaba una mayor comodidad con sus servicios y convertía, a Melindai, en la perfecta copiloto al interior de la nave—. La última ubicación intergaláctica registrada fue en el planeta Fena, capitán, mientras completaba su misión. ¿Pudo disfrutar de su estadía allí, señor? —cerró la IA con aquella, a veces detestable, cordialidad programada.

—¡Oh, mi querida Melindai! De seguro ya lo sabes, pero el planeta Fena es conocido por su producción militar basada en la clonación intervenida del genoma za'taiwo, por lo cual ha creado hembras genéticamente perfectas según los requerimientos de sus consumidores; un sistema que se agradece no sea 100% perfecto, ya que genera un exento de féminas clasificadas como «fallas de producción», las cuales son vendidas a precios de remate donde los compradores independientes pueden darles el uso que estimen más conveniente, puesto que son entregadas sin una programación predeterminada, con la mente completamente en blanco, salvo por las directrices básicas de comportamiento y un lenguaje común establecido por la comisión intergaláctica de relaciones interplanetarias. Así, sus nuevos dueños pueden usarles como les venga en gana, esto genera finalmente que Fena tenga algunos de los mejores prostíbulos de esta galaxia conocida, entre ellos, mi personal favorito en esas tierras: «La

Fenanita». No es un lugar al que cualquiera pueda entrar, es necesario cumplir con una cierta cantidad de requisitos preestablecidos y un monto mínimo de créditos intergalácticos, sin embargo, vale todas las molestias presentadas el solo poder ingresar a aquel templo de la satisfacción, donde una vez dentro, eres recibido por tres mujeres seleccionadas cuidadosamente para tu comodidad visual y sexual, donde cada una de ellas posee una tarea asignada en la recepción del usuario; mientras una se encarga de seducir tu cuerpo, desnudándolo lentamente con caricias exactas en los puntos erógenos y midiendo cada zona de este, otra se concentra en lubricar tu miembro con una lenta y armoniosa felación, sin desconcentrar tu mente de la tarea asignada para la última de ellas, quien se encarga de coordinar tus requerimientos lo más expedito posible, tomando nota de cualquier deseo que puedas tener, y así satisfacer al consumidor de la manera más completa posible. Para los primerizos, el cual no es mi caso, cuentan también con una selección de deseos predeterminados, que pueden ir desde una simple y placentera charla, hasta un homicidio sexual, ya que como los clones no son considerados seres vivos de primera categoría no implica crimen alguno el matarles si a sus dueños les place. Es común, también, ver ofertas nuevas cada semana, determinadas por los nuevos productos que dependen de las características específicas de estas clones fallidas, siendo de las ofertas más recurrentes la desfloración de las recién llegadas, un lujo que gracias a «La Fenanita» cualquiera con los créditos galácticos necesarios se puede dar. —Súbitamente Pagtukod entró en un placentero silencio mientras sonreía sumergido en sus pensamientos; silencio que fue repentinamente interrumpido por la voz de Melindai.

—Triangulación finalizada, capitán. Nos encontramos a una distancia de 6,4 ciclos gi'laý de Fena y a 3,2 ciclos gi'laý de Anvag.

—¿Anvag?

—Seleccionando información precisa de utilidad, capitán. Anvag: planeta de territorio neutral encargado de las políticas de comercio interplanetarias.

—¿Un planeta de políticos? —susurró Pagtukod—. Recuerdo que Walay-gahum mencionó algo sobre políticas de comercio cerradas entre las diversas categorías de seres en aquella fiesta que me invitó, la misma donde conocí a Higpit'inga. —Maliseche guardó silencio repentinamente y, sin vacilar, se dirigió hacia la cabina de navegación seguido por Nyini, donde tomó asiento pesadamente frente a su computadora central.

—Melindai, busca la invitación de Walay-gahum a su fiesta.

—Accediendo a la base de datos, señor —respondió la IA mientas las imágenes avanzaban raudamente por la pantalla de Pagtukod, abriendo y cerrando archivos, hasta que finalmente la computadora se detuvo acompañada de las sencillas palabras de Melindai.

—Búsqueda finalizada, capitán. —Maliseche, sin perder el tiempo, comenzó su lectura algo intranquilo.

—Melindai, ¿la procedencia de este mensaje está codificado? —preguntó algo emocionado.

—Analizando… análisis finalizado. No, capitán, el mensaje no cuenta con ningún tipo de codificación.

La emoción en Pagtukod era tal que incluso Nyini

se veía ansiosa.

—Melindai, rastrea la procedencia de este mensaje e inicia tu búsqueda en el planeta Anvag.

—Iniciando rastreo. Rastreo finalizado. Efectivamente, capitán, el mensaje procede del planeta Anvag.

—Perfecto, Melindai, envíale un mensaje a nuestro amigo Walay-gahum para asegurarnos de su estadía allí, y de confirmar, avísale de manera cordial de nuestra pequeña visita. Paralelamente, fija curso al planeta Anvag... y... Melindai, ¿qué posibilidades tenemos de poder llegar en menos de 3 tri'c?

—Con un 80% de la capacidad de los motores, la llegada se estima en 2.7 tri'c, capitán.

—Perfecto. Que así sea, entonces.

—A sus órdenes, capitán.

Para el capitán Pagtukod, Walay-gahum no era ningún desconocido, todo lo contrario. Por lo que comprendía que, dado el momento, no era favorable para él dar a conocer en una primera instancia sus verdaderas intenciones por tratar de encontrar a la que creía podía ser el amor de su vida: Higpit'inga. Por esta razón, y sin dudarlo mucho, Maliseche se dirigió a su habitación y preparó una cuidadosa coartada en caso de ser necesaria. Dejándose sumergir de manera imprevista y vertiginosa en este plan, llegando a desprenderse completamente de la realidad y su tiempo, al punto de llegar a exaltarse cuando Melindai interrumpió su concentración.

—Capitán, nos encontramos en la órbita superior de Anvag.

—Eso fue rápido... —masculló receloso Pagtukod—. ¿Walay-gahum envió alguna respuesta?

—Afirmativo, capitán, el permiso de llegada es positivo. Walay-gahum le espera en su oficina.

—Perfecto, dirige la nave mientras me preparo.

—Capitán —prosiguió la IA—, Walay-gahum también ha anexado de manera complementaria un código de autorización personal para teletransporte dentro de la órbita planetaria.

—No esperaría menos de él, Melindai, es astuto; generar una conexión de teletransporte dentro de la órbita le podría permitir entablar conexión con la nave en cualquier órbita planetaria autorizada para este procedimiento.

—Acción que le permitiría un rastreo básico de su ubicación, capitán.

—Exacto, mi querida Melindai —respondió Maliseche, entre dientes, antes de proseguir—. Ignora los códigos, Melindai, continúa con la directiva inicial y lleva la nave al puerto asignado.

—A sus órdenes, capitán.

Pagtukod tenía todo mentalmente preparado y no tardó mucho en cambiar su vestimenta por una más adecuada. Melindai, por su parte, así como le fue ordenado, dirigió la nave al puerto lateral en la oficina de Walay-gahum, quien lo esperaba con los brazos extendidos y una enorme sonrisa.

—¡El terror del clítoris a su servicio! —gritó Walay-gahum, produciendo una estruendosa carcajada en Pagtukod quien, al llegar junto a su amigo, le abrazó fuerte y enérgicamente.

—Mi buen amigo Walay-gahum, ¿aún haces llorar a las hembras con ese pene de lija, herencia de tu raza?

—¿Te creerías que en algunas razas, la verga de

mis ancestros es de las más requeridas? Y, por favor, Maliseche, llevo incontables nu'k diciendo lo mismo, solo dime Walaga —señaló Walay-gahum mientras guiaba al capitán a su sala común, acondicionada completamente para los requerimientos de su raza y su estilo de vida. Walay-gahum pertenecía a una raza de za'tezawo llamada Iring-kinatawo, una de las razas más antiguas de la galaxia conocida; famosos por su intervención en el proceso evolutivo de varias especies, entre ellas, la de los terréanos (seres provenientes del planeta tierra) lugar donde incluso, como acto de buena fe, dejaron una gran variedad de sus sub razas felinas, las que posteriormente fueron consideradas como dioses en aquel planeta por algunas de sus culturas.

—Y dime, Walaga, ¿aún dejas todo lleno de pelos? —preguntó Pagtukod entre risas.

—Vamos, Mali... sabes que ese es un estereotipo bastante ofensivo, aunque la verdad depende de la época —respondió el político tratando de contener la risa para proseguir—, pero en caso de que eso fuera un problema tengo a mi sirvienta personal directamente importada desde Fena «Nthawi». —cerró Walay-gahum, haciendo tronar sus dedos a la par que realizaba un extraño sonido similar a un maullido, ocasionando la inmediata aparición de su sirvienta.

—¿Qué tal? —preguntó mientras sacaba una de sus garras rajando lentamente el vestido de Nthawi.

—Parece que la política te está pagando bien, Walaga.

—Los sobornos, amigo mío, todo está en los sobornos. Nthawi misma es uno de los mejores sobornos que he recibido; hecha según estrictas especificaciones con un excelente apetito sexual, siendo incapaz de negarse a cualquier tipo de fantasía y, como seguramente ya notaste, a simple vista es anatómicamente perfecta. Por otra parte, laboralmente, es la secretaria idílica y confidente ideal, pues como detalle final posee la mejor cualidad posible en un hembra.

—¿Y esa cuál es, amigo mío?

—Es muda, claramente...

Las risas de ambos llenaron el lugar, hasta que Walay-gahum terminó de rajar el vestido de su sirvienta, dejándole completamente desnuda en el lugar y preguntando de manera libidinosa mientras señalaba a Nthawi.

—Dime, amigo mío, ¿deseas algo de beber?

—Conociéndote, mi viejo amigo, sé que eres incapaz de defraudar mis gustos, así que te pediré un wayïh doble.

Walay-gahum una vez más realizó un ligero sonido similar a un maullido, a lo cual Nthawi asintió y rápidamente salió de la habitación.

—Y dime, Maliseche...

—Solo Mali —interrumpió Pagtukod, consciente de que aquel tal vez sería el momento en el que debía concentrarse y mantener su coartada firme—. Solo dices mi nombre completo cuando algo no anda bien... Espero que este no sea el caso, ¿o sí? —cerró el capitán ante la fija mirada de su amigo. Nada le preparó realmente para las siguientes palabras de Walaga, las cuales inesperadamente lo dejarían absolutamente pasmado.

—Pues dime entonces, Mali... ¿Cómo te fue en Fena? —inquirió el político luego de una pausa antes de proseguir—. Estoy completamente seguro que si estás por aquí visitando a un viejo amigo no es más que una agradable cortesía. ¿Qué más podrías estar haciendo en un planeta lleno de políticos sin diversión alguna?

Pagtukod comenzó a reír alegremente mientras Nthawi ingresaba una vez más a la habitación, dejando frente a cada uno sus respectivas bebidas, para luego proceder a acomodarse en un sillón cercano y comenzar sutilmente a masturbar su sexo. Sin lugar a dudas, el cuerpo de la sirvienta era absolutamente perfecto para los gustos de Pagtukod, quien apreciaba atentamente cómo una de sus manos seleccionaba cuidadosamente qué dedos se deslizarían con completa agilidad por sus estrechos labios mientras la otra encendía un pequeño dildo que introducía sin dificultades por su cavidad anal y, aunque esta no pudiera hablar, mientras más lo introducía más intenso era el sonido y el rostro de placer que emitía. El capitán estaba completamente hipnotizado por la maestría con que la sirvienta movía sus dedos sin vacilar, emitiendo un ambiente de erotismo en la habitación, interrumpido súbitamente por las palabras de Walay-gahum.

—Adelante, amigo, diviértete un poco —expresó señalando a la sirvienta—. Deja que Nthawi se encargue de tu… arma mientras me cuentas de tus aventuras por Fena.

Maliseche no lo pensó dos veces, y luego de un trago de licor, se puso de pie, soltó su correa, y deslizó ligeramente su pantalón dejando a la vista, y sin pudor alguno, su bien dotado miembro.

—Mali, sé que hace mucho que dejaste de ser un hombre pacifico… y, entre nos, ambos sabemos que al menos a mí, tu sed de violencia jamás me ha llegado a incomodar… Así que no te reprimas, amigo mío, un beneficio extra de Nthawi es que está fabricada específicamente para mí, lo que quiere decir, que cuenta con un nivel de regeneración bastante elevado, permitiéndome así poder rasgarla cuanto me venga en gana, sin tener la desagradable preocupación de producirle algún tipo de daño a largo plazo.

—Bien pensado, Walaga —dijo Pagtukod mientras tomaba con fuerza el cabello de la sirvienta y veía el miedo brillar en sus ojos, anticipando el estruendoso golpe que le sería propinado y le partiría la nariz, para luego, y sin previo aviso, ahogar a Nthawi introduciendo tan profundamente como pudiera su miembro en su ensangrentada boca; pudiendo notar con asombro como, aun con el dolor en su rostro y la falta de oxígeno, la sirvienta no detenía el placer que pudiera darse a sí misma con sus dedos, y el pequeño dildo, el cual ahora turnaba de cavidades entre sus piernas mientras la sangre comenzaba a gotear sobre la verga del capitán, quien miraba anonadado la velocidad de regeneración en la sirvienta, interrumpido en sus pensamientos solo por las expectantes palabras de su amigo.

—Vamos, Mali, cuéntame cómo te fue en Fena.

Escuchó Pagtukod, viendo como finalmente la nariz de Nthawi había sanado completamente, por lo que tomó con aún más fuerza la cabellera de la sirvienta afirmándose de ella para no perder el equilibrio y voltear un poco para poder conversar más amenamente con su amigo.

—Pues, como podrás sospechar, me la pasé dentro de «La Fenanita» casi todo el tiempo. Tú conoces el procedimiento: llegas, te desnudan, te miden, toman nota de tus pedidos y mientras esperas te hacen una sutil felación, para luego llevarte a tu habitación asignada según pedido. Mi primer día quería algo frenético. Suelo llegar con muchas energías, así que me pedí una para golpear o, como el local les nombra, «Fiti» y dos insaciables, tú sabes, si vas a pedir insaciables siempre debe ser más de una, pues si te llegas a cansar o te pasa algo, se seguirán divirtiendo entre ellas y crearán un hermoso espectáculo visual.

—¡Por favor, Maliseche! ¡Detalles! Dame detalles —gritó expectante el político.

—Pues entré en la habitación —prosiguió Maliseche alzando los hombros— y allí me esperaban las tres sobre la cama, jugando entre ellas. Pedí de cabello negro y piel blanca, pálida como la nieve a la Fiti. Me gusta el contraste que su piel y cabello hacen con la sangre; sus pechos redondos pero sutiles, no así su trasero, lo bastante grande como para que no contrastara con su armónica figura al momento de tenerla con el culo al aire y darle con cuanto objeto pudiera encontrar para golpear sus nalgas. A las insaciables me las pedí diferentes, aunque similares; una era morena como el desierto, con cabellos blancos; la otra era de piel rosa y cabellos como el fuego, de senos tan grandes que se desbordaban de mis manos, vaginas y anos completamente vírgenes tan estrechos que se podían rajar con apenas ingresar mi verga en ellos. Así podía ver el dolor de sus rostros en su primera vez; traseros hechos a la medida, como tallados por los mismos dioses. Al entrar corrí directamente a la cama, donde tomé por el cuello a la Fiti y comencé a asfixiarla. Cuando sus ojos comenzaron a desorbitarse y su rostro a cambiar de colores, le di la primera bofetada de la noche, arrojándola a uno de los extremos de la habitación y partiendo su labio; permitiendo que las primeras gotas de sangre mancharan las paredes. Las insaciables, desde el momento que pisé la cama, saltaron sobre mi cuerpo y mientras la Fiti recibía su parte, ellas se turnaban entre mis bolas y mi verga. Fue entonces cuando la Fiti yacía en el piso que me di cuenta que no mostraba señal de dolor alguno, así que hice lo que cualquier hombre racional habría hecho en mi situación: bajé de la cama, con el par de insaciables sobre mi espalda, tomé por el cabello a la zorra en el piso y la levanté. Se veía incómoda, pero yo buscaba horror en su rostro. La besé para distraerla un segundo y mientras tocaba sus labios con los míos, mi puño se incrustaba en su tórax, allí la solté y dejé que cayera una vez más al piso donde, con el poco aire que lograba tomar, vomitaba cuanta bilis guardaba en su organismo y antes que pudiera tratar de acomodarse, para que comprendiera cómo debían funcionar las cosas, pateé su rostro, pudiendo escuchar placenteramente su primera exclamación de dolor. Entonces, por fin, al ritmo de la felación de las insaciables me pude correr en paz. Llené la boca de una con mis fluidos, mientras en la boca de la otra vertí un poco de la sangre de la Fiti y les permití intercambiar por unos momentos aquellos líquidos de boca en boca entre ellas, mientras las observaba apreciando el contraste sin detener el castigo de la Fiti, a quien me encontraba dando de azotes en la espalda. Fue cuando una de las insaciables se tragó los fluidos que decidí que era momento de descansar un poco; mandé a las tres a darse una ducha y detener un poco el sangrado de la Fiti mientras yo me metía en el jacuzzi para relajar un poco el cuerpo. Las insaciables llegaron pronto al jacuzzi con algo de licor, mientras que la Fiti se tomaba su tiempo. Sentí que ella no estaba comprendiendo la dinámica de las cosas, así que me levanté, fui por ella, le propiné un golpe lo suficientemente fuerte como para no dejarla inconsciente y a su vez dejarle un ojo con nuevos colores. Allí pude ver una pequeña lágrima recorrer su otro ojo y la excitación embargó completamente mi cuerpo. Corrí al jacuzzi donde tomé a la de cabellos blancos, arrojé su cuerpo contra el piso, dejando que sus senos se aplastaran por su propio peso y, sin dudarlo, rajé completamente su pequeño y virgen ano. Ella gritaba y lloraba completamente desconsolada, era sencillamente hermoso ver aquella mezcla entre la lubricación y la sangre en su culo; su cuerpo completamente tenso y sus uñas clavadas sobre sus nalgas tratando de abrir lo más posible su trasero para dejar escapar un poco del dolor, pero yo no estaba dispuesto a dejarla escapar tan fácilmente y cuando sentía una pizca de relajo en su cuerpo ¡con más fuerza le daba!, introduciendo cada vez más profundamente mi verga en su culo, pero incluso cuando ya no entraba más en sus intestinos, aún quedaba la mitad de mi verga afuera. Sin dudarlo, la de cabellos de fuego comenzó a lamerla, esparciendo la sangre del culo de su compañera por su boca, permitiendo una vez más el clímax de mi ser, llenando así con mis fluidos el culo de la morena. Cuando comencé a retirar mi verga de su ano entre llantos ahogados, la pelirroja seguía lamiendo la sangre de mi miembro, y una vez fuera, esta comenzó a succionar mi semen del culo de su compañera, era un acto completamente grotesco, pero por alguna extraña razón, no podía dejar de mirar. Cuando terminó de extraer todos los fluidos que allí habían quedado, volteó a su compañera, le abrió la boca y escupió en ella todos los fluidos acumulados. La morena se los tragó y comenzó a masturbarse sin dejar de llorar. Al ver esto, la pelirroja abrió sus piernas colocando su vagina sobre su compañera tendida allí, completamente rendida, y esta comenzó a lamer los estrechos labios de su rosado cuerpo. Era realmente impresionante. «La Fenanita» es un lugar que jamás te podrá defraudar, sin embargo, aún no lograba tomar el descanso que me había propuesto y antes de ir a la cama debía vaciar mi vejiga. Allí, en el baño, me encontré una vez más con la Fiti, estaba en el piso algo asustada. Sentía que debía castigarla, pero mi cuerpo estaba cansado. Así que simplemente oriné sobre ella. Al terminar le di una ligera bofetada y la mandé a limpiarse, regresé a la cama, y me dormí —cerró súbitamente el capitán, convirtiendo sus palabras en un grotesco gemido que advertía a Nthawi para que preparara su garganta ante el desbordante torrente de fluidos que Maliseche estaba por emanar de su miembro, los cuales pudo ver sin escrúpulos ser expulsados por las fosas nasales de la sirvienta, quien no dejaba de mirarle con erotismo, tratando a su vez de sonreír como señal de agradecimiento.

—¡Hey, Maliseche! Parece que Nthawi te ha hecho un buen trabajito ahí, ¿no? —acotó el político con ironía.

Ante tal desempeño y maestría proveniente de la silenciosa sirvienta, Pagtukod presa del éxtasis en aquel momento había quedado como muy pocas veces en su vida: sin palabra alguna que expresar, notando en aquel incómodo instante de silencio que no había sido otro sino su propio pantalón el receptor final de su torrente de fluidos. Sin embargo, parecía que Nthawi comprendía la situación de manera natural, por lo que sin demora ayudó al capitán a desprenderse de sus malogradas prendas, para luego levantarse sutilmente mientras gesticulaba una ligera reverencia antes de retirarse.

—No te preocupes, Mali, esas cosas pasan seguido, así que instalé un sistema de limpieza exprés para la ropa en mi oficina. En unos ti'p tus pantalones estarán como nuevos.

—Debo admitir —expresó Pagtukod en un suspiro— que tu sirvienta realmente sabe cómo usar la lengua —concluyó el complacido capitán tomando asiento una vez más.

—Claro que sí, fue programada con la memoria de más de mil prostitutas electrónicas, y como sabes bien que para mi raza las felaciones son la parte favorita, tomé particular cuidado en eso.

—¿Usaste memoria colectiva de putas droides para descargar la información al cerebro de tu sirvienta?

—Bueno, técnicamente yo no lo hice, pero sí, fue algo como eso.

—Muy bien, Walaga, realmente debe ser una clon de buena calidad, como todo en ti.

Ambos rieron nostálgicamente un rato recordando viejos tiempos, hasta que finalmente tomaron una pausa y bebieron antes que Walay-gahum prosiguiera.

—Y bueno, ¿qué tal tus otros días por Fena?

—Los siguientes dos días fueron más sencillos, ya que después del primer día la Fiti no me parecía tan atractiva como cuando llegué. Decidí desecharla rápido, así que al despertar la tomé y le comencé a dar varias bofetadas hasta que la mano me dolió lo suficiente para detenerme; la nariz le sangraba bastante, tenía un ojo que ya no podía abrir y por lo golpes anteriores tenía dificultades para respirar, sin embargo, se portó bien, y después de las bofetadas comenzó a comerme la verga. Era bastante buena en eso, la verdad. También ayudaba el hecho de que, al despertar, las insaciables se encontraban a mi lado lamiéndose las vaginas entre ellas. Después de correrme y ver cómo la Fiti hacía gárgaras con mi semen, desayuné algo ligero. Me tomé mi tiempo, la verdad, pues una de las mejores cualidades de los productos de La Fenanita, es su obediencia, así que mientras me pedía el desayuno le dejé instrucciones a las insaciables para propinarle un castigo decente a la Fiti; primero la amarraron a la pared; luego comenzaron con algo sencillo, arrojándole cera caliente en el cuerpo con unas velas aromáticas que se encontraban en la habitación. La Fiti se quejaba a ratos, pero era difícil ver que realmente algo le doliera, así que de vez en cuando también pasaban las velas por su cuerpo quemando algunos sectores de este; las plantas de los pies fueron el primer lugar donde al quemar la Fiti gritó. Era un espectáculo maravilloso, mientras una de las insaciables le quemaba las plantas de los pies la otra con cada grito de dolor le propinaba un latigazo. Después prosiguió a quemarle los pezones a la Fiti, pero esta vez con cada grito de dolor, en vez de usar el látigo, usaban una tabla para darle en el trasero. Finalmente, entre ambas, tomaron varillas de diversos grosores para golpearla por todo el cuerpo; la morena tomó una varilla más gruesa y se concentró más que nada en la espalda; la otra, con una varilla más fina, le daba en puntos sensibles: la vulva, los senos, la cara. Ninguna zona de su cuerpo se libraba de ser golpeada. Al cabo de un rato la Fiti quedó inconsciente, y para despertarla, le rajé el culo con mi verga; por debajo la pelirroja lamía mis bolas y por arriba la morena lamía la sangre que salía. Después de todo el espectáculo no tardé mucho en llenar el culo de la Fiti con mis fluidos; las insaciables se peleaban por el semen que caía de su ano y decidí recostarme unos momentos para pensar cuál sería mi siguiente movimiento, sin embargo, me sentía completamente satisfecho, así que simplemente dejé la habitación y fui al bar del local. Allí, por el monto adecuado, puedes encontrar lo que quieras incluso ciertas cosas que escapan de la legalidad, así que me fui por algo de energía y después de aspirar un poco de hueso de triptauro estaba listo para más placer...

—¿Hueso de triptauro? —interrumpió súbitamente Walay-gahum algo intrigado.

—El triptauro es una bestia proveniente de Gurkdonia, algo común en los planetas ganaderos de la zona central, puesto que son bastantes útiles. Verás, el triptauro tiene la facultad de adaptarse a la hembra de la raza que sea que esté en celo para así poder fecundarla como si fuera de la misma raza que la hembra. Es una bestia netamente sexual, su única función es aparearse y todo en él como alimento es afrodisiaco, así mismo, el hueso de este animal es usado como una droga sexual, un poco de ella y tu potencia sexual se incrementa de maneras desmesuradas. Por contraparte, la hembra de esta raza solo sirve como comida y para perpetuar la especie.

Ambos comenzaron a reír mientras terminaban de beber sus vasos, así que antes que Maliseche prosiguiera, Walay-gahum llamó a Nthawi para obtener más licor, el cual fue traído de inmediato por la bella sirvienta.

—¿Y qué pasó después?

—Nada muy complejo. Entré a la habitación completamente fuera de mí por el deseo de placer y para mi fortuna la primera imagen que vi fue a las insaciables frotando sus vaginas entre ellas. Así que me arrojé a la cama, tomando a una por las piernas y comencé a lamer frenéticamente su apetecible clítoris; la morena no tenía intenciones de quedar afuera, así que tomó rápidamente mi verga y la colocó, sin dudarlo, en su estrecha vagina. Los gemidos de la morena eran imparables, sin considerar que junto a los gritos de la pelirroja formaban una armonía de placer perfecta, la cual solo se detenía cuando se comenzaban a besar y a morder sobre mí. El éxtasis se hacía cada vez más grande mientras seguía lamiendo la exquisita vulva de aquella hembra; sus fluidos eran como néctar de dioses y yo no podía dejar quieta mi lengua, la cual se movía al mismo ritmo que el trasero de la morena sobre mi pelvis. De pronto, y casi sin previo aviso, comencé a llenar con mi semen el interior de aquella mujer, pero el hueso de triptauro no me permitía frenar, así que tomé con fuerzas a la pelirroja mientras seguía jugueteando con su clítoris en mi boca y me levanté de la cama, la arrojé a un lado de la morena y la di vuelta, levanté su hermoso trasero para poder apreciarlo detalladamente mientras ella posicionaba su rostro entre las piernas de la morena, absorbiendo los fluidos que previamente había depositado allí, y en vista que era el único ano virgen que quedaba de aquellas hembras, decidí explorarlo también. Al igual que sus compañeras, las grietas y la sangre no se hicieron esperar a la entrada de mi miembro en su estrecho orificio, pero esta no reflejaba sufrimiento alguno, sino que solo presionaba más y más contra mis piernas, deseando que pudiera llegar tan profundo como su organismo me permitiera, llevando mi ser a sumergirse cada vez más profundamente en el éxtasis sexual apoyado en el hueso de triptauro, pues mientras más placer sientes, esta divertida droga te lleva a un punto donde lo físico comienza a desaparecer y solo sientes placer, nublando todo a tu alrededor. Así que lo que quedaba de ese día y el siguiente son un poco confusos para mí, solo recuerdo después de eso haber tenido el mejor polvo en bastante tiempo.

—¿Y cómo es despertar de ese éxtasis?

—Pues, la verdad, Walaga, despertar del efecto del hueso de triptauro es una de las cosas más asquerosas que un cuerpo puede sentir. La falta de alimentos, de líquidos, de energía en general en el cuerpo, es algo horrible. Sin embargo, cuando desperté ese día, pude ver a las insaciables durmiendo a mi lado y, créeme, que eso no es algo común de ver, pero no estaba ahí para ver putas dormir, así que desperté a la pelirroja para que fuera por alimentos, pero al despertar, lo primero que hizo fue dirigirse a mi entrepierna y lamerme la verga. Me reí un poco y me percaté que mi cuerpo no reaccionaba bien; la tomé del cabello, levanté su cara, y la mandé por comida; despertó a las otras dos y salieron de la habitación. No tardaron mucho en traer alimentos para así poder recomponer mi cuerpo, luego de eso, las despaché.

—¿Y el resto de los días?

—El resto fue más calmado. Cuando me dirigía al bar llevaba una de servicio sencillo para que me la mamara en la barra o donde se me viniera en gana, la verdad; otra para follar en cualquier instante, pero nada muy estrepitoso. Mis deseos de violencia los había saciado en la Fiti, y mi desenfreno sexual lo había depositado en las insaciables, así que el resto era todo más tranquilo.

—Recuerdo que en la última fiesta que di, conocí a la principal inversionista de La Fenanita.

—¿Y cómo es ella?

—Pues, es una dama bastante simpática, de carácter solemne, decidida y bastante dominante, aunque con mucho carisma y profundamente inteligente. Definitivamente no es alguien a la que quisieras tener como enemigo.

—Vaya… Yo solo recuerdo sentarme a beber y conocer a una za'taiwo. —Walay-gahum soltó una estrepitosa carcajada antes de proseguir.

—Algo clásico de ti, Mali… y dime, ¿cómo se llamaba? —interrogó el político incisivamente haciendo dudar a Maliseche unos instantes sobre sus verdaderas intenciones antes de responder.

—Si la memoria no me falla, su nombre era Higpit'inga. ¿La recuerdas? —respondió el capitán bebiendo un ligero sorbo de su licor.

—Claro que sí. Una dama particularmente hermosa, pero muy seria para mi gusto. Recuerdo conocerla hace algunos nu'k en una reunión, en ese entonces de poca importancia, pero siendo la oposición. Tú sabes lo que dicen «mantén a tus amigos cerca y a tus enemigos… invítalos a festejar».

La risa de ambos y la alegría mezclada con nostalgia de tiempos mejores llenaba el lugar.

—Y claramente para ti, cualquiera en tu línea de trabajo es un enemigo, ¿no? —espetó Maliseche con ironía.

—Solo digamos, amigo mío, que todos son buenos invitados en mis fiestas —aseveró el político con una satírica sonrisa antes de proseguir—. Pero volviendo a lo anterior, dime, ¿cómo te fue con Higpit'inga?

—Pues, la verdad no lo recuerdo. Aunque creo que sería interesante hablar con ella una vez más, pero el nivel de alcohol en mi sangre de aquel día no me permite recordar mucho como para poder ubicarle.

—Si tan solo tuvieras un amigo en la política que pudiera tener alguna manera de contactarse con ella —dijo Walay-gahum con una maliciosa sonrisa en el rostro.

—Mi querido Walaga, contigo nunca nada ha sido gratis, ¿no?

—Vamos, Maliseche, son simples intercambios favorables para todos.

—¿Vivo o muerto? —preguntó raudo Pagtukod, acomodándose tranquilamente en su lugar, acción que Walay-gahum replicó antes de contestar.

—No nos apresuremos, Mali, todo a su debido tiempo; primero encuentra a esta mujer, y ya veremos detalles.

Walay-gahum una vez más llamó a su sirvienta, quien no tardó en llegar a su lado. Una vez allí, comenzó a realizar una serie de sonidos algo complejos similares a maullidos, como si fueran parte de la lengua nativa de su raza. Sin embargo, a pesar del alto conocimiento del capitán en los diversos idiomas dentro de galaxia, había algo diferente esta vez, pues de algún modo no fue capaz de comprender lo que su orejudo amigo comunicaba a Nthawi, quien a diferencia suya, parecía comprender perfectamente las órdenes de su amo, el cual súbitamente se puso de pie y dijo con una ligera reverencia antes de retirarse.

—Mi estimado amigo, si me disculpas, pasaré a mi oficina unos momentos... Siéntete como en casa —finalizó el político mientras se retiraba del lugar.

Maliseche no lo pensó dos veces y, al retirarse Walay-gahum, rápidamente se arrojó sobre Nthawi, despojándola del nuevo uniforme que había puesto sobre su cuerpo para comenzar a penetrarla eufóricamente. La sirvienta no opuso resistencia alguna a tal acto. Pagtukod, sumergido en el placer que la sirvienta sabía entregar, permitió que pasaran los ti'p hasta que inesperadamente su viejo amigo retornó a la habitación.

—¡Maliseche! —exclamó entre risas Walay-gahum mientras se acomodaba junto a un vaso de licor para apreciar el espectáculo—. Tú jamás pierdes el tiempo, ¿no? —comentó con un largo trago de wayïh.

—¿Sabes...? —comenzó Pagtukod sin detenerse—. Esto me recuerda los días en la academia, cuando tú entrabas a la habitación con tus libros de estudio y yo no paraba de follar.

—Recuerdo que algunas se asustaban de ver a alguien entrar y salían corriendo, alborotadas; cubriéndose lo más rápido que pudieran; otras solo se me quedaban mirando mientras gemían más y más fuerte.

—Después de un tiempo me cansé de invitarte a

que te me unieras.

—Tenía que estudiar, mi viejo amigo. ¿Cómo crees que terminé con una respetable carrera de político y tú de militar?

—Pues, durante mi servicio no me faltó nada —aseveró Pagtukod al cabo de unos ti'p mientras jugueteaba con los perfectos senos de la sirvienta y lanzaba una vez más sus fluidos sobre su inocente rostro.

—Siempre fuiste un hombre sencillo, Mali, te envidio por eso.

Pagtukod se puso de pie tranquilamente para dirigirse a su vaso de licor y beber lo que quedaba en el antes de arrojarlo a la sirvienta, quien comprendió rápidamente la orden.

—Buen licor, una nave, la galaxia completa para recorrer y hembras hasta el cansancio. ¿Qué más podría pedir este escultural modelo de za'taiwo macho, mi querido amigo?

—A Higpit'inga, tal parece, ¿no? —murmuró Walay-gahum con ironía antes de proseguir—. He hablado con sus empleadores, no tardarán en darme información más detallada sobre ella, pues por lo visto no es posible contactarla directamente en este momento. Al parecer lleva varios du'k sin presentarse a trabajar.

—El tiempo nunca ha sido mi enemigo, Walaga —aseguró Pagtukod disimulando su incertidumbre—, es algo que te dejo a ti.

Ambos rieron una vez más mientras Nthawi volvía a la habitación con más licor para el capitán.

—Y dime, viejo amigo, ¿ya visitaste el planeta «Pamalungo»?

—Mi buen Walaga, Pamalungo es el único planeta

capaz de tener tan buenos prostíbulos con servicios como los que puedes encontrar en Fena.

—Por favor, Mali, sabes que soy un hombre de detalles —dijo el político acomodándose.

Pagtukod sonrió antes de beber y prosiguió:

—La primera vez que llegué a Pamalungo, me sentí maravillado por la diversidad de razas allí presentes. Jamás había visto tantas razas diferentes en un solo lugar. Recuerdo que llegué ahí por una misión, la cabeza de algún imbécil tenía precio, y uno muy bueno por lo demás. Esconderse en aquel planeta parecía ser una buena idea; alta población, mucho comercio negro y una geografía amable para los contrabandistas, sin embargo, el silencio o la información siempre serán del mejor postor en un planeta lleno de putas. De no haber sido así, tal vez me habría demorado un poco más en capturarlo. Llegué, fui a la zona más baja, solté unos cuantos créditos galácticos y en menos de una hora tenía al tipo sedado en la celda de mi nave al ojo vigía de Melindai. Misión cumplida.

—¡Vamos, Maliseche! No puede ser esa realmente toda tu visita a Pamalungo.

—Tranquilo, mi viejo amigo, esa simplemente fue mi llegada. Verás, tal vez aquel planeta no es visualmente una belleza, pero tenía absolutamente de todo, sin contar que llegar allí, es asquerosamente complejo, así que no estaba dispuesto a retirarme tan fácilmente de Pamalungo sin conocer su verdadera cara; primero probé sus mujeres, así que me dirigí al prostíbulo con mejor reputación del lugar. Allí no importaba tu idioma o tu aspecto físico. Ni siquiera importaba el tipo de genitales que pudieras tener, allí lo único importante, era el placer, pagabas un precio de entrada y listo. Así que me senté en una barra y me pedí un trago; la primera en acercarse tenía un rostro angelical sobre un vestido rosado que no dejaba nada a la vista, un completo riesgo como a mí me gusta, así que fue la primera que tomé. Me guio por una habitación y me arrojé a la cama, ella apagó la luz y comenzó a desvestirme rápidamente, pero como tú sabes, me gusta ver lo bien que hago mi trabajo, así que prendí una vez más la luz y pude ver lo que ese vestido ocultaba.

Walay-gahum se encontraba completamente sumergido en las palabras de Maliseche, quien solo para molestar a su amigo, tomó una rápida pausa para beber algo antes de gritar.

—¡Tentáculos! Montones de ellos salían del cuerpo de la fémina, quien tenía lo que parecía un tronco y cabeza humano y nada más, todo lo demás eran tentáculos que salían por todo su cuerpo. A pesar de sentir cierto morbo e incertidumbre ante lo que allí podría hacer, el miedo ante lo desconocido era algo mayor. Sin embargo, al tratar de levantarme, algunos de sus tentáculos ya me tenían contra la cama sujetando mis extremidades con una fuerza increíble. Sin darme cuenta tomó mi pene con varios tentáculos más pequeños y pegó sus ventosas a él, debo admitir que fue el mejor trabajo manual que jamás me han hecho, así que no tardé mucho en soltarme y desparramar mis fluidos por todas partes. Fue recién allí que me soltó; enrolló sus tentáculos contra su cuerpo, tomó su vestido y se retiró. Yo quedé ahí, completamente anonadado ante el espectáculo anterior, y tras unos ti'p reaccioné; tomé mi ropa, me vestí, y me dirigí a la barra una vez más. El cantinero me miró y, sin decir nada, me dejó un vaso con algo en la mesa. Sin hacer pregunta alguna me lo bebí y, en cosa de segundos, era como si mi cuerpo hubiera despertado del mejor sueño, casi al mismo instante otra fémina se me acercó, pero esta no escondía nada a la vista, incluso me sorprendió ver que, tal parece, era una clon de Fena; me besó en la mejilla, se puso en mi espalda y me empujó suavemente. Como no fui precisamente a un prostíbulo a resistirme ante las mujeres, dejé que guiara mi camino; me llevó a una habitación sencilla, me arrojó a la cama, me desprendió de mis pantalones y me abrió de piernas. No entendía muy bien qué sucedía, pero simplemente me dejé llevar, ella se puso de pie, retiró su chaqueta y allí pude ver sorprendido, una vez más, que no era una za'taiwo «normal», aunque esta no era aterradora, la verdad. A simple vista podías ver tres brazos salir de su tronco; levantó el tercer brazo y abrió su palma para mostrarme en ella una boca abrirse, se agachó con cuidado, bajó su tercer brazo colocándolo en mi culo y la boca en esa mano comenzó a lamer mi ano de una manera increíble. Mientras me dejaba llevar por aquel placer, también se acercó para realizarme una exquisita felación, era algo simplemente increíble. La sincronía de sus lenguas era algo único. Sin embargo, para mi fortuna, eso no era todo y, sin previo aviso, la lengua en su mano comenzó a alargarse y lamer todo el interior de mi recto, era sencillamente increíble, algo que jamás había sentido. Mientras lamía mi interior, los labios de esa mano se movían alrededor de mi ano con una suavidad indescriptible, era como el mejor beso que te pudiesen dar, pero en el culo. Ya te digo, amigo mío, estas hembras eran verdaderas expertas. Al igual que con su antecesora, no aguanté mucho en soltar mis fluidos y llenar su boca con ellos; la mujer súbitamente se apartó de mi miembro, sacando también su mano de mi culo y comenzó a hacer gárgaras con mis fluidos. De pronto y, sin previo aviso, escupió en la boca de su mano y lo tragó; se alejó un poco, se puso de pie, tomó su chaqueta y se fue. Me volví a vestir. Sorprendido nuevamente, fui a la barra; el cantinero me volvió a mirar de pies a cabeza sirviéndome una vez más el extraño líquido que sin hacer pregunta tomé, sintiéndome una vez más con tantas energías como cuando había llegado. —Maliseche cambió su excitante historia por un extraño silencio.

—¿Sucede algo, Mali? —preguntó ansioso y algo inquieto el degenerado político.

—Es curioso, ¿sabes? —retomó Maliseche, apreciando el constante movimiento que realizaba con su mano en el vaso de dorado licor.

—¿Curioso? —repitió Walay-gahum.

—Siempre me pareció interesante el modelo educativo que los de tu clase impusieron —prosiguió Pagtukod, apuntando a su amigo antes de tomar otro trago de licor.

—¿Mi clase? —indagó Walaga con cierta indignación fingida.

—¡Políticos! —gritó repentinamente el capitán—. Toman a cada ser de primera categoría que supuestamente lo desee y le entregan una educación base muy particular, mientras se estudia poco a poco a cada individuo, para saber cuál es su destino.

—Un macro planeta completo solo para servir al bienestar educativo de cada ser de primera categoría en nuestra pacifica galaxia, creando de este modo para cada área requerida correctos ciudadanos de bien —vociferó altaneramente el político.

—Más bien creando esclavos, amigo mío. No nos engañemos, crearon un sistema perfecto donde a cada individuo se le fortalecen sus habilidades para así asignarles un lugar no transable en sus planes de orden, de este modo, ningún individuo jamás se quejaría de su lugar en esta galaxia, y todos vivirán felices para siempre.

—No veo el problema en ello, amigo mío. Finalmente todos son felices, ¿no?

—Es el proceso lo que me molesta…

—¡¿El proceso?! —interrumpió Walay-gahum—. ¿Cuál podría ser el problema con el proceso? Un ambiente pacífico libre de interferencias externas, para que cada ser se desarrolle apropiadamente.

—Es fácil para ti decirlo, Walaga, yo fui el que te cubrió las espaldas durante toda nuestra estadía allí.

—¿A qué te refieres? —preguntó completamente intrigado el político mientras estiraba su mano pidiendo más licor.

—Vamos, amigo mío, no me puedes decir que jamás lo notaste.

—Me dejas en una completa incertidumbre, Mali.

—Dada tu posición social y económica, solías estar en riesgo contantemente, pues existían ciertos individuos relativamente peligrosos que buscaban hacer cualquier tipo de daño a personas provenientes de familias como la tuya, niños o jóvenes nacidos en ciertos páramos llenos de resentimientos contra estas familias que se creía era quienes tomaban las decisiones finales sobre la galaxia.

—Bueno, de cierta manera así era.

—Sí, lo sé, amigo mío, pero para muchas de estas personas ese tipo de decisiones no podía pertenecer a unos pocos privilegiados, por lo que si tenían la oportunidad de hacerle la vida imposible a los hijos de estas familias, lo hacían.

—Pues jamás me sucedió nada que pueda recordar —aseguró Walaga enrollando sus bigotes.

—Exacto, amigo mío —respondió Maliseche entre risas—. Cada oportunidad que creyeron tener estos brabucones sobre ti, fue rápidamente mermada por mi presencia. Durante varios nu'k me la pasé cubriéndote las espaldas... La verdad, creo que era mi manera personal de agradecer a tu familia por todo lo que me habían dado durante ese tiempo y después del accidente de tus padres, con el deceso de tu madre y todos los problemas de salud que aquejaron a tu padre, hasta que finalmente desapareció... siendo tú tan físicamente indefenso... Me sentía aún más responsable por tu seguridad.

—Comprendo, amigo mío —susurró nostálgico Walaga.

—A veces me pregunto qué habrá sucedido con el fiero Néphritel-gahum.

—Pues, como bien sabes, después de las cirugías reconstructivas y los injertos mecanizados, se embarcó en un largo viaje del cual dejé de tener noticias hace ya incontables nu'k. Llegó un momento en el que simplemente asumí que había logrado su objetivo y se había unido al mismo destino de madre...

—La adorable Íshita-gahum... No existía pelaje más hermoso que el de ella... —reconoció Pagtukod perdido en sus recuerdos, antes de ser interrumpido por la intriga de su bigotudo amigo.

—Olvidémonos del pasado, Mali... volvamos al presente y ahora dime, acerca de lo que me contabas, ¿qué era lo curioso en todo esto?

—Verás, verga de lija —retornó Maliseche—, como nos encontrábamos en constante vigilancia, se comenzó a dar la... cómo decirlo... «casualidad» —expresó Pagtukod con un gesto de mofa en su rostro— de que mis clases sobre defensas marciales, militares, estrategias de combate, y todas esas cosas de la misma línea, comenzaron a aumentar de manera interesante, mientras otras comenzaron a disminuir, sin embargo, debo admitir, con cierto recelo, que era particularmente bueno para este tipo de cosas...

—Lo llevabas en la sangre —interrumpió Walaga, recibiendo de Maliseche nada más que una mirada de completo desagrado antes de proseguir. A pesar de todos los años que compartieron Pagtukod y Walay-gahum durante toda su infancia, adolescencia y juventud, el tema sobre la línea consanguínea del capitán nunca dejaba de ser un tabú para este.

—Para mi... fortuna, por decirlo de algún modo, siempre existía quien quisiera hacerte daño, fuera un recién llegado o no, por lo que constantemente me podía dar el grato lujo de poner en práctica todas aquellas nuevas enseñanzas. Al principio recuerdo que era muy frontal...

—Aún lo eres —gruñó Walay-gahum.

—Aún lo soy —reafirmó Pagtukod entre risas antes de proseguir—. Sin embargo, durante aquel tiempo, había una de las clases que llamaba mayormente mi atención, «el arte del engaño» recuerdo que se llamaba, en ella aprendía tácticas de cómo jamás revelarte completamente ante tu oponente, dejarle pensar que puede ganar, y así un largo listado de enseñanzas que me permitía disfrutar enormemente el rostro de miedo de tus brabucones cuando inesperadamente terminaban de rodillas ante mí...

—¿Por qué me cuentas todo esto ahora, Maliseche? —interrumpió incómodamente intrigado el peludo político.

—Porque aquí está lo curioso, amigo mío. Había uno de estos brabucones que parecía no querer rendirse jamás, era un Zoyipa. Nunca supe su nombre, la verdad, ni me interesó, pero es realmente fácil reconocer a la gente del planeta Zoyip.

—Grotescos za'tezawos cuadrúpedos que a duras penas logran entrar en la clasificación de seres de primera categoría —interrumpió una vez más Walaygahum, pero esta vez con un notorio gesto de asco mientras Pagtukod reía de forma animosa.

—El punto es, amigo mío, que este Zoyipa en particular parecía ser notoriamente menos inteligente que la media, y por más y más que lo lastimara, siempre volvía, como si no recordara los golpes de la jornada anterior. Por lo cual un ke'k decidí comenzar un experimento con él, y luego de cada paliza, rasgaba mis iniciales en la piel de distintas zonas de su extremidad trasera izquierda, y puesto que las armas estaban prohibidas, solía hacerlo con cualquier objeto que tuviera cerca. Esto, con el tiempo, se volvió sumamente divertido para mí, por lo que comencé a buscar perfeccionar mi escritura en diversas zonas sobre la piel de aquella extremidad, hasta que finalmente uno de los tantos cortes que le había administrado comenzó a infectarse al punto que tuvieron que trasladarlo, para así jamás volver a verlo.

—Tal vez, simplemente murió. Los Zoyipa son bastante testarudos cuando de medicina moderna se trata.

—Lo mismo pensé yo, hasta aquel día en Pamalungo, y es ahí donde está lo curioso, amigo mío; tras tomarme aquel extraño trago, procedí a sentarme y descansar las piernas. Sin embargo, apenas mi trasero tocó el asiento, un grotesco olor me atacó súbitamente, seguido de una voz profunda que hablaba lento y de manera tan grotesca como el olor que expelía por el lugar. «Estás en mi lugar», lo oí gruñir. No obstante, lo ignoré, lo cual tal vez no fue la mejor idea, pues mientras me pedía algo más para beber, fui tomado por el cuello y lanzado hasta el otro extremo del lugar. A nadie parecía molestarle la situación, pero yo no estaba dispuesto a dejar las cosas así de simple. Me puse de pie, caminé; noté que mi aparente enemigo era un Zoyipa y le clavé un cuchillo al bastardo, pero por desgracia, este cuchillo no atravesó la carne del grotesco Zoyipa, sino más bien alguna especie de prótesis en su extremidad trasera izquierda. Fue allí, tratando de sacar el cuchillo, que pude ver una clara cicatriz sobre la piel que se unía con la prótesis... «MP».

—Maliseche Pagtukod —susurró Walaga.

—¡Exacto! —gritó el eufórico capitán—. ¿Quién hubiera pensado que tras todos esos años me encontraría al mal nacido ahí?

—Te lo dije —expresó Walaga con una maligna sonrisa—. Son muy testarudos con la medicina moderna, es probable que no aceptara la atención médica adecuada, perdiera la pierna por la infección y, tal vez posteriormente, se retirara de la academia sin sus cuatro patas. Los Zoyipa se consideran a sí mismos parias.

—Parias o no, estas bestias de piel viscosa tienen una fuerza increíble, y apenas notó que estaba tras él tratando de sacar un cuchillo de su prótesis, volteó sin importarle lo que pasara a llevar y abrió su boca para amenazarme con sus largos y afilados colmillos. Sin embargo, mi verdadero miedo no estaba en lo que había en su hocico, sino más bien en el horrible olor que expelía de sus entrañas. Te lo digo, Walaga, era horrible. Una vez forniqué con una Ukazi'akufa y el olor ni siquiera era tan putrefacto como el de aquel hocico.

—¿Ukazi'akufa? —interrogó el político mirando fijamente a Maliseche, quien respondió rápidamente.

—Tu desagrado por aquellos seres que no encajan en la primera categoría suele ser bastante molesto, Walaga. De todos modos, te lo explicaré rápidamente: los Ukazi'akufa provienen de un planeta basural, son seres orgánicos tipo parásito de segunda categoría que desarrollan sus cuerpos en base a los desperdicios que encuentran en el lugar, son básicamente hongos que crecen según a lo que puedan adherirse.

—Eso quiere decir que... ¿incluso has follado basura con sentimientos? —inquirió despectivamente Walaga.

—Solo digamos que perdí varias apuestas y no estaba sobrio, de todos modos ese no es el punto, Walaga, el punto es que el olor en el hocico de ese Zoyipa era realmente repugnante. Sin embargo, no estaba dispuesto a tranzar muestra alguna de debilidad, así que me quede allí de pie, inmutable, tratando de respirar lo menos posible, hasta que la bestia juntó sus labios una vez más, se irguió y me miró de lado con uno de sus pequeños ojos.

—A pesar de sus grotescas apariencias físicas y ese repugnante estilo de vida tan tribal en sectores pantanosos, siempre me parecieron sumamente divertidos de ver; gigantescos mamíferos de seis extremidades con pieles lisas y viscosas, hocicos gigantes, colmillos gigantes, y diminutos ojos, y orejas. ¡Son casi ciegos! —clamó Walay-gahum con tono de burla.

—Bueno, sus fosas nasales también son diminutas.

—¡Y no olvides sus colas! —volvió a gritar el político—. ¡Diminutas también!

Las risas de ambos se apoderaron del lugar antes de beber sus dorados licores y continuar con el relato de Maliseche.

—A pesar de su diminuto ojo, el contacto visual que el Zoyipa mantenía era increíble. Sin embargo, no había pista alguna que denotara que me hubiese reconocido y, mientras meditaba aquella situación, la bestia empotró su cuerpo contra mí, fueron pocos segundos los que tuve para reaccionar antes de ser arrollado completamente, pero sin dudarlo, pude saltar efectivamente unos metros hacia atrás y te puedo asegurar, amigo mío, que mis reflejos son aún mejores que cualquiera en tu raza.

—Ten cuidado, Mali —increpó fingidamente ofendido Walaga—. Tal vez tus reflejos podrían llegar a ser tan buenos como los de un Iring-kinatawo, pero jamás mejores que uno.

—Siempre tan orgulloso de tu raza, amigo mío —expresó entre risas Pagtukod mientras alzaba su vaso antes de beber de él para proseguir—. Para mi mala fortuna, ya habiendo realizado mi trabajo en aquel lugar, cuando estuve en aquel prostíbulo fui, a excepción de aquella cuchilla, sin arma alguna, lo cual noté de manera más clara cuando esquivé a mi oponente. Estando unos cuantos metros alejado de él, y notando que este estaba preparándose para arremeter una vez más contra mí, tomé una silla y la arrojé en su rostro mientras comenzaba la carrera, esto ni por un instante me daba la posibilidad de noquearlo, pero me permitía interrumpir su campo visual el suficiente tiempo para buscar algún elemento útil que pudiera usar como arma…

—Si no te conociera desde hace tanto tiempo creo que me podría llegar a sorprender de tal nivel de violencia… —aseveró Walaga—. Sin embargo, lo que sí me sorprende, es que había un za'tezawo Zoyipa y un za'taiwo Whanjezý peleando y destruyendo todo el lugar. ¿Cómo es que nadie hizo nada por detenerlos?

—Honestamente, amigo mío, no era algo que me interesara mucho en aquel momento, pues mi completa concentración estaba en tomar el cuchillo que, unas cuantas mesas a la izquierda, estaba usando un borracho para cortarse las uñas. Pero ahora que lo mencionas, creo que tal vez era algún tipo de escena frecuente en aquel puterío de mala muerte, pues no recuerdo que nadie tuviera algún problema con el enfrentamiento, así como el borracho no tuvo problema alguno cuando le quité el cuchillo para arrojarlo certeramente en el ojo izquierdo del Zoyipa.

—Punto ciego —intervino Walay-gahum.

—Exacto, estimado; lo primero que debes hacer cuando peleas con bestias tan grandes como esas es reducir lo más posible su campo visual, y considerando que los Zoyipa poseen un ojo a cada costado de su cabeza, esto lo dejaba casi completamente incapacitado para defenderse desde aquel ángulo, por lo que aproveché mi velocidad, corrí hacia él y antes que la bestia pudiera sacar el cuchillo de su ojo, trepé por su espalda, tomé el cuchillo y lo clavé en el centro de su cabeza...

—Lo mataste... —completó pensativo el político—. ¿Por qué?

—Sencillo, amigo mío, era mi primer día en Pamalungo, no tenía armas, y me enfrenté a una bestia que me doblaba en tamaño y cuadruplicaba en fuerza. Era el chico nuevo del lugar, y si bien a las personas parecía no importarles la pelea en sí, el resultado recorrería rápidamente el lugar de boca en boca, y antes que cualquiera tratase de enfrentarme, tal vez lo pensarían dos veces antes de hacerlo.

Walay-gahum comenzó a reír eufóricamente mientras pedía más licor a su sirvienta, quien rápidamente cumplió la orden, para luego sentenciar.

—Mi querido Maliseche Pagtukod... ganaste cualquier pelea a futuro sin siquiera tener que volver a pelear... y de algún modo bastante irónico, finalmente cerraste un ciclo con aquel Zoyipa... es algo realmente curioso, amigo mío.

—Lo es, en efecto, Walaga —concluyó Maliseche entre carcajadas.

—Pero dime, Mali, ¿qué sucedió después?

—Pues, el resto ya fue más normal —retomó Pagtukod en tono irónico—. Una vez el cuerpo había caído, recuperé mi hoja y volví a la barra del lugar, donde tomé asiento como si nada hubiese sucedido. No estaba seguro de estar listo para algo más, pero antes que pudiera dudar llegó una tercera fémina, esta no llevaba chaqueta, vestido o lo que fuera que pudiera ocultar algo. Comprendiendo la dinámica del lugar, simplemente me puse de pie y la seguí, entramos a una habitación algo angosta, me arrojó a la pared apuntando a mis pantalones. Así que comencé a sacármelos, al mismo tiempo ella comenzó a desvestirse; una vez desnudos, puso sus rodillas sobre la cama y levantó su culo, dejándolo listo para comenzar la penetración. Me vi sorprendido, ya que era la primera que me permitía ingresar algo antes de atacar directamente mi miembro. Me acerqué tranquilo y posé mi mano en su trasero, buscando su vagina para lubricarle un poco, sin embargo, solo encontré un orificio. Pensé primero que tal vez era un transexual, pero pude ver que el único orificio que tenía se veía más como una vagina que como un ano, y sin preguntas, preferí sencillamente introducir mi miembro en el orificio. Y te puedo decir, amigo mío, que es uno de los mejores orificios que he penetrado; era realmente único, jamás dejaba de estar placenteramente estrecho, pero a su vez, se encontraba completamente lubricado. Era también como si sus labios pudieran moverse y acariciar mi miembro. Al final de este orificio había algo que jugueteaba con la punta de mi verga; sentías como si estuvieras penetrando una vagina y recibiendo una felación al mismo tiempo. Quería disfrutarlo todo el tiempo posible, pero ese orificio me succionaba, impidiendo que me detuviese y, así como sus antecesoras, esta hembra me llevó al clímax de una manera increíblemente rápida, permitiéndome llenar aquel orificio con incluso más fluidos que los que había dejado a sus compañeras; como si mis fluidos no acabaran nunca. Así que una vez que me sentí completamente saciado, retiré mi verga de allí y me tiré al piso para reposar mis temblorosas piernas. Desde la calma de aquel espacio, miré directamente aquel perfecto trasero, y sentí como si el orificio en él me sonriera. Pensé que eran imaginaciones mías, pero habiendo visto a sus antecesoras, por alguna extraña razón, sonreí de vuelta, allí, en ese instante, para mi completo asombro, aquel trasero me habló, pronunciando irónicamente con un completo tono de sensualidad las palabras «qué sabroso y espeso líquido». En ese momento supe que ya era suficiente por el día, así que me vestí y me dirigí a mi nave, pero no sin antes ir a la barra y preguntarle al cantinero qué era ese líquido que me había estado dando; me miró y dijo, casi como un ladrido: «orina de Triptauro».

Al terminar Maliseche, Walay-gahum lo miró fijamente unos instantes y súbitamente ambos comenzaron a reír estrepitosamente hasta que Nthawi le entregó un aparato a su dueño, el cual posicionó en su oreja con completa seriedad y dijo mientras se ponía de pie y se retiraba de la sala.

—Entendido, un ti'p…

Pagtukod se quedó solo una vez más con Nthawi, pero comprendía que esta vez probablemente Walay-gahum traería buenas noticias. Para partir pronto debía alistarse y, sin perder el tiempo, miró a la sirvienta y le preguntó:

—Nthawi, ¿será posible tener mis pantalones de vuelta?

La sirvienta asintió con la cabeza y rápidamente abandonó también la sala, al tiempo que Walay-gahum volvía a esta.

—Te tengo noticias, Mali. Resulta que hace unos

du'k que no se sabe nada de Higpit'inga. Sin embargo, cobré algunos favores y me entregaron ciertos datos confidenciales de ella, entre estos su dirección, planeta, constelación y todo lo que necesites para llegar a ella, datos obviamente ya enviados a tu IA, así que… Supongo que nuestra pequeña reunión se da por terminada —informó el político alzando los hombros mientras Pagtukod se acercaba para abrazarlo, al tiempo que Nthawi ingresaba una vez más a la habitación pero esta vez con los pantalones limpios del capitán, quien luego de abrazar a su amigo los tomó y expresó tranquilamente mientras se los acomodaba:

—Sé que nos veremos pronto, Walaga… Tengo la sensación que este favor me costará más caro de lo normal.

—Tranquilo, Mali, aún hay que ver cómo se desarrollan ciertos… eventos —aseveró Walay-gahum mientras comenzaban en silencio a caminar juntos a la nave de Pagtukod. Al llegar a la entrada de esta, se volvieron a abrazar aunque esta vez fue más que un abrazo de amigos, era un fraterno abrazo de despedida, ya no había más que decir. A pesar de todo lo que habían vivido juntos, jamás tuvieron real afinidad ante la emotividad, siendo aquel za'taiwo un guerrero y aquel za'tezawo un político, en aquellas ocasiones, las palabras no eran más que un estorbo para ellos, por lo que finalmente Maliseche, sin mayor titubeo, subió a su nave y ordenó a Melindai su despegue.

—Melindai —dijo el capitán ya en órbita al cabo de unos ti'p—, ¿tienes los datos de Walaga?

—Afirmativo, capitán.

—¿Tiempo de viaje estimado?

—Motores al 70% de…

—90%, Melindai.

—Afirmativo, capitán. Recalculando. Motores en un 90% de capacidad, llegada estimada en 32 tri'c.

—Es casi un ke'k —balbuceó Pagtukod antes de preguntar—. ¿La ruta está trazada por algún túnel de híper salto?

—Negativo, capitán, el túnel de híper salto más cercano nos desviaría en un promedio de 10 tri'c del objetivo.

Pagtukod daba vueltas por la nave seguido por Nyini sintiendo que no podía esperar ya más tiempo para poder ver una vez más a Higpit'inga. No obstante, pese a su desesperación, se detuvo y comenzó a pensar con calma. Se dio cuenta que ya tenía todo listo, y solo faltaban algunos tri'c para estar con la mujer que tanto anhelaba.

—Melindai —espetó el capitán—, preparara un cámara de criosueño ajustada para 30 tri'c.

—A sus órdenes, capitán, puede dirigirse a la cámara central.

—Excelente, Melindai… —expresó Pagtukod mientras se inclinaba unos instantes para acariciar a Nyini, quien no dejaba de seguirle de un lado a otro—. De este modo, pequeña criatura, ya no tendré que esperar tanto —susurró antes de cambiar su vestimenta y entrar en la cámara criogénica, donde se acomodó para comenzar su letargo. El viaje era tranquilo y Melindai, al tener control de toda la nave, mantenía el orden de manera perfecta evitando así cualquier molestia innecesaria para su capitán, de este modo los tri'c pasaban con calma y en silencio, hasta que finalmente los 30 tri'c ya habían concluido, la cámara comenzó su proceso de reactivación y Maliseche salió lentamente, algo desorientado.

—Como detesto estas máquinas —protestó limpiando su rostro al tiempo que Nyini se acercaba—. Mientras más tiempo paso en ellas, más asqueado salgo de allí —prosiguió, acomodándose para acariciar a su mascota—. Pero es esto o las pesadillas… —concluyó entre dientes—. ¿Alguna novedad, Melindai? —preguntó luego de unos momentos de silencio.

—Negativo, capitán.

—Está bien. Tomaré una pequeña siesta para recomponer el cuerpo, despiértame en un tri'c.

—A sus órdenes, capitán.

—¡No! ¡Espera! —advirtió Maliseche con la mente algo confusa—. Creo que mejor comeré algo, prepara un menú clásico, Melindai.

—A sus órdenes, capitán —reiteró una vez más como era usual la IA.

A pesar de las complicaciones que habían llevado al capitán Maliseche a adquirir aquella vida tan insalubre, viciosa y libidinosa, jamás dejaba de lado a aquel curtido guerrero interno que le había permitido lograr sobrevivir tanto tiempo, el cual, si no estaba inundado en licor, se mantenía luchando constantemente en su interior para no dejarse abatir ante nada ni nadie, manteniendo así la calma en casi cualquier situación que a su vida personal le aquejara. Sin embargo, ante la expectación de poder volver a ver una vez más a Higpit'inga, y quizás abrazarle, besarle, o incluso llevarla una vez más a recorrer la galaxia, su temple le abandonaba, dejándose embargar completamente por los nervios, consciente de tal vez no ser lo suficientemente fuerte como para aceptar una negativa de parte de quien incluso había llegado a consentir, como la za'taiwo de su vida. Por lo que aquellos dos tri'c en los que trató de prepararse de la mejor manera posible se habían transformado en una tortura interminable.

—Capitán —dijo Melindai mientras Maliseche miraba atentamente una de sus botas, sacándolo abruptamente de un extraño trance que lo había mantenido perdido en su mente desde que evacuó los alimentos difícilmente ingeridos—. ¿Capitán? —repitió interrogativamente la IA al no escuchar respuesta.

—¿Qué sucede, Melindai? —respondió finalmente Pagtukod volviendo en sí.

—Gracias a los códigos de autorización de Walaygahum estamos ingresando en la órbita del planeta designado sin complicación alguna.

—Excelentes noticias, Melindai. Apenas lleguemos al puerto asignado prepara uno de mis vehículos de velocidad.

—A sus órdenes, capitán —dijo la IA mientras Maliseche terminaba de prepararse.

El tiempo ahora para el capitán se volvía escaso, sin embargo, ya no quedaba más que llegar a tierra firme, montar en su vehículo y seguir la dirección correcta, lo cual lo angustiaba cada vez más.

—Su vehículo de velocidad para zonas urbanas está cargado y listo para su uso, capitán. El descenso finalizará en 6 ti'p.

—Apenas toquemos tierra firme abre la escotilla, Melindai —ordenó Pagtukod montando su vehículo mientras encendía los sistemas de navegación y programaba su destino—. Y prepárate para lo que sea... —advirtió mientras la escotilla finalmente se desplegaba frente a él, acelerando inmediatamente y sin dudarlo.

Para fortuna del capitán, aquel planeta, como muchos otros, había sido previamente terraformado, permitiendo de este modo un nivel de oxigenación estándar dentro de las capacidades respiratorias promedio en los seres de primera categoría. Evitando así, dado su descuido de no activar su casco, intoxicarse en el trayecto que no hacía más que parecer interminable para el fornido za'taiwo, hasta el momento cúlmine en el que debió desacelerar su velocidad para finalmente detenerse y descender del vehículo.

—¿Esta es la dirección correcta? —preguntó Pagtukod presionando un botón de su vehículo al ver, incrédulo, el humilde hogar de Higpit'inga.

—Afirmativo, capitán —confirmó Melindai tras unos mi'p.

—Ahora comprendo la necesidad de la señorita por salir volando de aquella fiesta —comentó Maliseche mientras se acercaba a la puerta para golpearla firmemente, ansioso de ver, una vez más, aquel rostro. Sin embargo, los ti´p comenzaron a transcurrir y no había respuesta desde el interior del hogar. Pagtukod, nervioso, decidió golpear nuevamente con mayor intensidad que antes, pero no obtuvo resultados. El capitán, obstinado por conseguir su objetivo después de tanto tiempo, decidió repetir el proceso por casi un tri´c; la intensidad de sus golpes aumentó desmesuradamente y con cada mi´p que transcurría fue perdiendo la paciencia.

—Por favor, deténgase... —susurró repentinamente una anciana za'tizilowi, quien se asomó lentamente por la entrada de la casa contigua, captando la total atención del fornido za'taiwo—. ¿Aún no entiende, muchacho, que de allí no saldrá nadie? —expresó amargamente la anciana—. Lo siento mucho, pero hace varios du'k que nadie sabe de ella. No eres el primero que viene a buscarla, su familia también vino varias veces al principio, luego con los ke'k muchos señores de traje venían constantemente, hasta que finalmente dejaron de tocar su puerta. Si te sirve de algo, su familia vino hace algunos me'k a llevarse las cosas de mayor valor y su mascota que yo solía alimentar.

—Pero…

—No pierdas tu tiempo —interrumpió la anciana—. Si sigues golpeando esa puerta solo lograrás molestar al resto de los que vivimos aquí —cerró la anciana con la mirada fija en Maliseche algunos mi'p antes de voltear y azotar su puerta refunfuñando, permitiéndole al capitán, en su desoladora situación, comprender finalmente que todo había terminado.

—¿Melindai? —preguntó el capitán apoyado en su vehículo tras casi un tri'c, perdido en sus pensamientos y con la mirada fija en aquel humilde pórtico.

—A sus órdenes, capitán —respondió de manera automática la IA.

—Necesito un trago… —suspiró Maliseche, montando en su vehículo.

—Dada su ubicación, capitán, el lugar más cercano para sus necesidades se encuentra a pocos ti'p de su puerto de arribo.

—Bien… —expresó Pagtukod desanimado—. Programa en el sistema de navegación la ubicación de aquel lugar y activa el piloto automático… Tomas el control de aquí en adelante, Melindai.

—A sus órdenes, capitán —reiteró la IA obedeciendo las órdenes de Maliseche, quien encendió raudamente de manera remota el vehículo para llevar a Maliseche a su nuevo destino, lo cual para la sorpresa del za'taiwo, tardó menos de lo esperado, dejándole sin tiempo para reflexionar de manera calmada su nuevo plan de acción. —Hemos llegado, capitán —afirmó Melindai ante la impávida mirada del capitán, quien no hizo más que descender de su vehículo e ingresar en aquel lúgubre lugar, para tomar asiento pesadamente en la barra frente a la inexpresiva mirada del mofletudo y lanudo cantinero.

—Dame algo fuerte —ordenó Maliseche, lanzando algunos nidalma—. Lo más fuerte que tengas.

El za'tezawo asintió con la cabeza mientras contaba los billetes sobre la barra. Luego de un momento alzó los hombros y dejó, frente al capitán, un pequeño vaso junto a dos botellas bastante peculiares; de la primera extrajo un incandescente líquido verde, el cual vertió sin precaución alguna, no así del segundo recipiente del que extrajo con sumo cuidado tres gotas de un viscoso líquido rojo que, apenas hicieron contacto con el primer líquido, comenzaron una efervescente reacción, mezclando sus texturas y colores que dejaron a la vista un desagradable y burbujeante líquido café. Tras aquel extraño proceso, Maliseche miró ansioso al cantinero, quien solo se limitó a golpear el vaso contra el mesón disgregando las burbujas del trago antes de soltarlo para luego expresar.

—Has paga'o por tre'h de estos… pero te adviertò'h, ni lo'h má'h macho pasan del segundo vaso.

—Por fortuna ya pagué tres de estos —expresó desaliñado Maliseche, tomando el vaso y bebiendo todo su contenido de un solo trago, sin siquiera inmutarse por su agrio sabor.

—Yo ya te advertí —indicó el za'tezawo alzando los hombros antes de servir una vez más aquel extraño licor. No obstante, esta vez Pagtukod decidió tomarse una pequeña pausa para mirar detenidamente la textura de aquel líquido frente a él, y antes que pudiera finalmente beberlo una desconocida mano retiró el vaso de su palma.

—Pero ¿qué…? —alcanzó a pronunciar Maliseche mientras volteaba solo para quedar perdido en la belleza de una imponente hembra za'taiwo, quien replicó la acción que anteriormente el capitán había realizado al consumir aquel desconocido líquido de un solo sorbo.

—¡Ay no! —gritó la fémina, agitando sus manos frente a su rostro y respirando fatigadamente—. ¿Qué era eso? —inquirió acongojada.

—Sinceramente lo desconozco —afirmó Maliseche entre risas—, pero tal vez sea una pregunta que la próxima vez quieras hacer antes de quitarle el licor de las manos a un desconocido en la barra.

—Supongo que te debo una disculpa —dijo con recelo la za'taiwo—, pero a este lugar suelen venir, en su mayoría, pilotos comerciales y beben cosas más suaves como wazheku o toun.

—Suena razonable, pero sigue sin ser una buena justificación… —comentó Maliseche comenzando a sentir los primeros efectos del extraño licor.

—Tienes razón —dijo la fémina entre suspiros—, pero tengo un vuelo hoy y llegué un par de tri'c antes de lo esperado, así que supuse que sería una buena manera de romper el hielo para charlar y matar el tiempo —argumentó coquetamente la fémina, quien también comenzaba a sentir los primeros efectos del extraño licor.

—Charlar es aburrido —espetó Pagtukod perdiendo poco a poco el control de sus palabras—. Lo que tú necesitas... para matar el tiempo... es ¡sexo! —gritó—. Sexo salvaje y sin sentido —concluyó tomando su entrepierna lascivamente, acto al que la desconocida reaccionó inmediatamente con indignación y alzó su mano para abofetearlo. Sin embargo, antes de poder concretar aquel golpe, el extraño licor tomó control de su cuerpo, permitiéndole sentir cómo perdía el dominio de sí misma cayendo frente al capitán, quien le tomó firmemente por la cintura y susurró—: ¿Te gustaría ir a mi nave y matar el tiempo allí?

—No lo sé... Depende —respondió lascivamente la fémina, quien ahora se encontraba besando el cuello del capitán.

—Y... ¿de qué depende? —dijo Maliseche con dificultad.

—De qué tan grande tengas la nave... —afirmó la fémina, apretando la entrepierna del capitán quien, sin dudarlo, puso toda su concentración en ponerse de pie, tomar a la hembra y llevarla hasta su vehículo donde flemáticamente logró acomodarla para luego montarse junto a ella y llamar a Melindai.

—Melindai... llevo... llevo a... alguien... llévame... a la nave... —logró articular Maliseche mientras los sistemas de navegación se encendían y el vehículo iniciaba su ruta de regreso a la nave.

El viaje de regreso a la nave, como bien los cálculos de Melindai suponían, había sido bastante acotado, sin embargo, el aire fresco del camino les había permitido a aquella pareja de za'taiwos despejar ligeramente sus mentes, dejándolos mantenerse de pie, caminar, e incluso desnudarse bruta y lentamente, al tiempo que intercambiaban caricias forzadas y torpes besos que sellaban sus deseos sexuales incitados por el extraño licor café.

—¿Y qué tal si me das algo de comer? —sugirió lujuriosamente la fémina mientras se arrojaba al piso y jadeaba forzadamente cual animal.

—Veo que te gustan los animales —susurró Maliseche, acercando su miembro al rostro de la za´taiwo, quien no dudó en tomarlo entre sus manos para acariciarlo mientras respondía.

—Trabajo en el departamento de categorización de seres de quinta categoría, y creo que debes saber que amo mi trabajo —comentó mientras lentamente comenzaba a besar el imponente miembro de Pagtukod quien, intrigado, no pudo evitar consultar por su mascota.

—Sabes… —comenzó—. Hace algún tiempo gané una mascota en una partida de sëschým, y jamás investigué mucho sobre ella, lo único que sé es el nombre de su raza y que valen una fortuna.

—Creo que te podrás dar cuenta que estoy en mi tiempo libre —dijo la hembra mordiendo suavemente el abdomen del capitán antes de proseguir—. Pero adelante… creo que te debo una por aquel trago que te robé. Dime su nombre y qué raza es, tal vez pueda darte algún consejo para su cuidado.

—Me pareció bastante tierna por su pelaje, así que la nombré Nyini y la raza, si mal no recuerdo se pronuncia Edidi-Wamkazi… —logró expresar Maliseche antes de ser interrumpido.

—¡¿Qué?! —gritó la desconocida, apartándose

frenéticamente del capitán e intentando recobrar la compostura—. ¡¿Edidi-Wamkazi?! —volvió a gritar mirando asustada a su alrededor—. Estás enfermo si crees que estoy dispuesta a hacer algo contigo con esa bestia cerca.

—¿Bestia? —preguntó confundido Maliseche mientras su mascota se acercaba eufóricamente tras escuchar su nombre—. No sé de qué estás hablando, pero Nyini es inofensiva.

—¡¿Inofensiva?! —protestó molesta la fémina—. Esas… bestias —trató de articular tras unos mi'p—… son clasificación S y están prohibidas por la federación.

—¿Prohibidas? —pregunto aún más confundido Maliseche mientras afirmaba a su mascota.

—Deja que te ilumine un poco antes de reportarte… como es mi obligación —señaló la za'taiwo mientas comenzaba a vestirse—. Lo que tienes ahí es una hembra Edidi-Wamkazi, bestias clasificación S, como ya te dije antes prohibidas por la federación Espacial Zerouno. Su prohibición fue declarada tras su extenso estudio, el cual reveló que tras al menos un par de me'k de contacto con un solo macho estas criaturas forman un lazo psicótico-obsesivo, en el cual independiente si el macho lo nota o no, estas buscan defender lo que consideran su propiedad, devorando a cualquier tipo de hembra que vean como una amenaza para su territorio al formar lazos de cualquier tipo con el macho en cuestión… Creo que comprendo ahora de dónde la conseguiste, pues es común verles junto a contrabandistas que las usan como protección contra las clones de espionaje.

—¿De… devorando? —comentó Maliseche. Luego

miró, completamente derrotado, a su peluda mascota, cayendo lentamente al piso, viendo como ahora todas las piezas del puzle comenzaban a tener sentido en su cabeza. Él y solo él era ahora culpable de todo. Higpit'inga, la única hembra por la cual alguna vez había creído sentir algo de verdad, ahora no era más que simple materia fecal perdida en el espacio profundo. Higpit'inga, a la cual le había abierto tan libremente el paso a su nave, pensando ilusamente en cómo la llevaría a conocer el universo, ya no existía en el mundo de los vivos, ahora divagaba en alguna constelación olvidada por la impávida mirada de los dioses.

Fecha de navegación estelar (6 Du'k atrás):
13Tlo't 3Flo't 6Clo't 9Nu'k 1Du'k 2Me'k 4Ke'k DP.
Ubicación intergaláctica específica actual:
Planeta Chinapi (Fiesta de gala)
Última ubicación intergaláctica conocida:
Irrelevante

Allí, sentado en el bar, cansado y tratando de apartarse de la multitud para así poder disfrutar de la barra libre, se encontraba el capitán Maliseche Pagtukod, quien no había llegado ahí sino más que como un favor personal para su viejo amigo Walay-gahum, con quien una vez más no había podido llegar a compartir más de algunos ti'p debido a su ocupada agenda como anfitrión en el lugar. La exuberante cantidad de alcohol era todo lo que el fornido capitán necesitaba como compañía aquella noche, o al menos eso era lo que pensaba hasta aquel inexplicable momento en el que la pudo ver por primera vez: una fémina za'taiwo de facciones perfectas, ojos almendrados color miel con una mirada penetrante; su nariz ejercía una simetría perfecta en su rostro que se balanceaba sobre sus perfectos y gruesos labios coloreados de carmesí; su delgado cuello, adornado con una delicada pieza de joyería necluriana y su escote permitía ejercer la imaginación a voluntad sobre su par de perfectos senos. Poseía un cuerpo como el que nunca había visto, cubierto de un espectacular vestido rojo que jugaba con su deslumbrante y pálida piel, así como su oscuro cabello que enmarcaba aquel rostro único. Al verla, Pagtukod, anonadado y un poco ebrio, no supo más que hacer que levantar su vaso y sonreír. La mujer contestó ante el gesto con una suave sonrisa mientras se pedía algo de beber para luego romper el silencio.

—Qué desagrado de lugar —murmuró melancólica la fémina mientras miraba la delicada copa en un extraño idioma que Pagtukod había llegado a aprender en uno de sus tantos amoríos con una Vizduchý'-Mang—. Pensar en todos los nu'k que pasé en la academia de relaciones intergalácticas... solo para terminar una vez más en una de estas aburridas fiestas donde nadie es capaz de ni siquiera hablar mi idioma nativo.

El capitán Maliseche le miró y sonrió una vez más, buscando las palabras precisas que decir con tal de no quedar como un completo idiota, pero una vez más, gracias al alcohol en su cuerpo, no supo qué hacer además de levantar su vaso y asentir con la cabeza, acto que, para su sorpresa, sacó una sonrisa de aquella fémina.

—¡Qué adorable pedazo de idiota debes de ser! —dijo enérgica la desconocida—. Sin tener idea alguna de lo que estoy hablando igual que todo el resto de los idiotas aquí presentes.

Pagtukod notó que de algún modo aquel simple gesto era todo lo que necesitaba para interactuar con aquella desconocida, por lo que decidió repetir una vez más el mismo proceso, levantando su vaso y sonriendo, lo cual produjo una inesperada carcajada en la hembra, quien de un momento a otro cambió de semblante.

—Estoy segura que, sin importar lo que diga, levantarás tu vaso y sonreirás, ya que no tienes remota idea de lo que estoy diciendo —aseveró la fémina mientras levantaba su copa y bebía. Para Pagtukod esto había sido lo más interesante que le había sucedido en el transcurso de la velada, así que simplemente decidió seguir el juego y una vez más levantó su vaso y sonrió. La desconocida lo miró fijamente mientras él no hacía más que sonreír. Su rostro se sonrojó y rápidamente dijo—: Adoro el sexo anal.

Pagtukod trató de no mostrar reacción alguna para no delatar que comprendía perfectamente lo que aquella fémina hablaba, así que simplemente siguió con su plan «levantar vaso; sonreír». La desconocida comenzó a reír pecaminosamente y bebió de su copa antes de seguir hablando.

—Hace casi dos nu'k que nadie me atraganta con una verga.

El vaso se levantó y Pagtukod solo sonrió, la mujer comenzó a mirarlo lascivamente mientras remojaba sus labios para continuar.

—Nunca me he acostado con más de un macho a la vez. Bueno, nunca me he acostado con más de un ser orgánico a la vez, y la verdad está en que adoraría poder comerme un par de vergas al mismo tiempo, mientras una me da por el culo —explicó la desconocida za'taiwo mientras se sonrojaba nuevamente y terminaba su copa. Pagtukod simplemente seguía el plan—. Me pregunto qué tan placentero podrían ser dos vergas al mismo tiempo por mi ano —dijo enrojecida la fémina mientras le hacía señas al bartender para pedir otra copa—. ¿Sabes, fortachón…? Es realmente triste darse cuenta que desde que trabajo como diplomática intergaláctica, pareciera que los machos me tuvieran miedo… Recuerdo cómo, durante una época en la academia, llegué a rechazar a tantos individuos con la paupérrima excusa de tener que enfocarme en mis estudios que con el tiempo simplemente dejaron de intentarlo... Pensé, ilusa, que una vez fuera una za'taiwo independiente los cortejos volverían... pero no fue así... simplemente ya nadie me corteja... Es un tanto deprimente tener que andar totalmente arreglada para que ningún macho se atreva siquiera a invitarme a una copa. Desearía que llegara alguno y simplemente rajara este sofocante vestido, me arrojara contra la barra y comenzara a cogerme brutalmente —concluyó la desconocida mirando fijamente a Maliseche por algunos mi'p, antes de beber un poco y continuar hablando—. Creo que en este punto podría contarte mi más profunda fantasía sexual y tú no harías nada más que levantar condescendientemente tu vaso y sonreír... Lo peor es lo enloquecedoramente atractivo que me pareces en este momento. —La fémina mordió su labio con completa sensualidad y comenzó a reír mientras afirmaba su cabeza; bebió un poco y continuó hablando mientras miraba su copa casi vacía—. La verdad es que algún ke'k me gustaría formar una familia y establecerme de alguna manera en algún planeta sencillo, tener varios hijos y vivir largos clo't, pero he explorado tan poco la vida y sus placeres... En este momento daría lo que fuera por poder viajar por incontables nu'k en una nave junto a un macho como tú y fornicar perdida en el placer mientras admiro el paisaje estelar, llegando al límite de no sentir el cuerpo... pero, en cambio, me tengo que conformar con viajes comerciales y un par de dildos que ya ni placer me otorgan... Recuerdo la primera vez que me cogieron por el culo... —expresó con una incipiente melancolía—... Comencé a gritar y llorar. El tipo saltó asustado pidiéndome disculpas y yo gritándole que por favor no se detuviera… Fue el mejor placer que jamás me habían dado pero el muy mal nacido, contrario a lo que le pedía, comenzó a vociferar que aquel era un acto antinatural dentro de sus creencias y que el solo hecho de ver mi placer en aquel dolor era algo incluso nauseabundo para él… Recuerdo que luego de terminar con aquel esperpento de za'taiwo comenzó mi sequía sexual, hasta que finalmente en una de estas tantas fiestas me encontré con un viejo compañero de la academia, que entre copa y copa me dejó finalmente quitarle el pantalón para comenzar a comerle la verga. Debo admitir que con todo lo que hablaba de sí mismo esperaba algo más, sin embargo, en ese punto ya no me podía quejar, y al menos podía sentirla llegar hasta el final de mi garganta y atragantarme con ella… Pensar en todo aquello que haría después era algo que aumentaba mi excitación mi'p tras mi'p, por lo que comencé sutilmente a masturbarme y mamársela cada vez más fuerte, esperando toda su euforia… pero el mal nacido comenzó a aflojarse, por lo que me pude dar cuenta que se había quedado dormido. Desilusionada y bastante insatisfecha tomé mis cosas y me fui del lugar, jamás lo volví a ver y ese fue tristemente mi último encuentro sexual… Como te podrías dar cuenta si entendieras mi idioma, mi vida sexual no es más que una completa desilusión.

La za'taiwo sonrió nostálgica mirando su copa antes de terminar su contenido y pedir otra mientras Pagtukod levantaba su vaso y sonreirá una vez más, tratando esta vez de disimular la erección que crecía entre sus piernas, acomodándose sigilosamente en su silla mientras la desconocida volteaba hacia él mirándolo fijo y exclamando con cierta molestia.

—¡Si tan solo pudieras entender una sola palabra de lo que digo! podrías llegar a saber lo excitada que estoy en este momento… y creo que gracias al alcohol en mi cuerpo podría incluso mamártela aquí mismo y no me importaría que toda esta tropa de ancianos decadentes me pudiera ver, pero con la suerte que he tenido en mi vida sexual… seguramente estás casado y no eres más que otro político alcohólico, el cual no lograría una erección ni con todo el polvo de triptauro del universo…

Pagtukod comprendía que las palabras de aquella desconocida za'taiwo no le permitirían continuar por más tiempo con su farsa, por lo que, ayudado por el alcohol, finalmente decidió tomar de su bolsillo su registro de navegación y arrojarlo por el mesón hacia la fémina que, tras leer atentamente el documento, volteó hacia él sorprendida y gratamente intrigada, tratando de comprender en qué momento aquel que hasta hace algunos instantes no era más que otro aburrido desconocido en aquella fiesta, ahora se encontraba afirmando su imponente miembro sobre la barra.

—Mi nombre es Maliseche Pagtukod y soy el capitán de un Ulan-Zero1 bautizado como Varlata y creo que usted, señorita, me debe algo —articuló lo más firme que pudo el za'taiwo mientras la hermosa desconocida comenzaba a ponerse de pie para acariciar disimuladamente la ostentosa virilidad del capitán—. Tal parece que estás tan desquiciada como yo… —comentó Maliseche—. Creo haber escuchado perfectamente que me ofrecía sexo oral en frente de todos estos aburridos vejestorios, si podía entender al menos una de sus palabras, señorita…

Al escuchar estas palabras, la fémina comenzó a besar lentamente el cuello del capitán hasta llegar a su oído y susurrar entre risas pecaminosas—. Eres un hijo de puta.

Tras estas simples palabras, Maliseche tomó el trasero de la za'taiwo y comenzó a acariciarlo lentamente mientras ella con gran esfuerzo trataba de hablar y dejaba escapar suaves gemidos en su oído—: ¿Qué prefieres? ¿Una simple mamada pública o algo mejor… y más privado?

Pagtukod pudo ver en los ojos de aquella despampanante fémina, tras su momento de liberación emocional, una mente completamente perturbada y desquiciada producto del vacío y la desolación que azotaba su vida. De algún modo pudo verse reflejado en aquella hembra y sin dudarlo un mi'p más tomó su registro de navegación, pidió una botella de licor y montó a la desconocida sobre su hombro para tomar rumbo a su nave. Caminó con total despreocupación y ni siquiera le importó llevar su miembro de manera expuesta. El efecto del alcohol hizo del camino apenas un lapsus y una vez allí, en el puerto de salida, finalmente azotó a la za'taiwo contra su nave, la tomó entre sus brazos y la besó con fuerza, solo para voltearla y volver a arrojarla contra la nave. Rajó completamente su vestido, tomando con una de sus manos la entrepierna de aquella mujer, vertiendo desde sus hombros hasta su delicado trasero un poco de licor, el cual bebió de ella mientras se deslizaba por su pálida piel para posteriormente y, sin previo aviso, introducir violentamente su miembro en el estrecho ano de su acompañante, quien no opuso resistencia alguna sino más bien una completa sumisión, dejando escapar un estruendoso grito mezcla de placer y dolor.

—Melindai, abre la compuerta —espetó Maliseche terminando de beber el resto de alcohol dentro de la botella, sintiendo como lentamente perdía la razón mientras arrojaba a la desconocida al interior de su nave, indicando su última orden consciente a su fiel IA—. Melindai… Vengo a follarme por el culo y hacer realidad las fantasías de… espera… ¿Cómo es que te llamas?

—Higpit'inga —respondió la za'taiwo mientras recobraba la compostura y observaba anonadada el interior de la llamada nave Varlata.

—Recordaré tu nombre por siempre, cariño —susurró Maliseche ingresando a su nave—. Bueno, Melindai… me la vengo a follar mientras vemos las estrellas… así que emprende rumbo a un lugar bonito.

—A sus órdenes, capitán —respondió la IA iniciando los sistemas de navegación de la nave.

Sin importar el estado etílico en el cual se encontrara el capitán Pagtukod, este nunca dejaba a una amante insatisfecha, así que como era de esperarse, llevó al orgasmo a Higpit'inga cuantas veces pudo, antes de quedar completamente inconsciente producto del cansancio y el alcohol en su cuerpo. Llena de éxtasis, y completamente satisfecha por el trabajo del capitán, la hermosa fémina aún tenía energías, las cuales no podía esperar a usar recorriendo aquella hermosa nave, aunque antes quiso arrimarse en una ventana y poder apreciar con calma el vasto e infinito universo, permitiéndose cautivar por las destellantes y lejanas estrellas que podía sentir mi'p a mi'p más cerca, y aunque el tiempo en aquel instante ya no era un problema, una vez más la ansiedad por recorrer aquella nave superaban el placer, incluso aquel de apreciar el universo, decidiendo mientras se levantaba una vez más, que su primer descubrimiento debía ser el cuarto de baño, y tras tantear varias paredes a la deriva de la obscuridad, una idea surgió.

—¿Aló? ¿Nave? —dijo tímidamente la fémina.

—Melindai a sus servicios, señorita Higpit'inga —respondió la IA de manera automática.

—Hola, Melindai… me gustaría poder usar un tocador, por favor…

Al terminar sus palabras unas ligeras luces iluminaron un camino seguido de las palabras de Melindai.

—Siguiendo las luces, señorita Higpit'inga, encontrará el servicio sanitario.

—Gracias, Melindai. —La za'taiwo comenzó a caminar tranquilamente sobre las tenues luces, recorriendo con calma los lugares visibles de la nave; encontrando inesperadamente en su camino una pequeña, peluda y adorable criatura, de la cual no pudo resistir su encanto y decidió acercarse para poder brindarle un poco de cariño, sin embargo, antes de que sus manos fueran capaces de rozar su piel, pudo ver con horror cómo aquella adorable criatura se expandía repentinamente, convirtiéndose en su verdugo personal.

Melindai

Fecha de navegación estelar:
13Tlo't 3Flo't 6Clo't 9Nu'k 8Du'k 2Me'k 5Ke'k DP
Ubicación intergaláctica específica actual:
Planeta Sikugwirizana
Última ubicación intergaláctica conocida:
Planeta Anvag

—Melindai, corre tras esas rocas y trata de registrar todo lo que puedas en el paisaje, yo te cubriré desde aquí.

La agitación y el cansancio en la voz del capitán Pagtukod Maliseche eran notorias al momento de dar la orden a Melindai que, sin dudarlo, avanzó de un extremo a otro susurrando al comunicador un decidido «A la orden, capitán», el cual Pagtukod podía escuchar fuerte y claro mientras Melindai se alejaba de él entre los disparos.

—Destino asegurado, capitán —volvió a susurrar la fémina criatura—. Termo-análisis de objetivos iniciado. Termo-análisis terminado. Hay tres Svéhlavý frente a nuestra ubicación, capitán.

—¿Segura que no hay más? No quiero más sorpresas.

—La lectura térmica solo muestra tres cuerpos femeninos, capitán.

—Perfecto, cuadra coordenadas y lanza un pumpk verde, eso debería ser suficiente para hacerlas dormir según los informes de Walaga.

—A sus órdenes, capitán —respondió rápidamente Melindai mientras cuadraba las coordenadas en su antebrazo para dirigir la bomba de gas hacia las Svéhlavý quienes, al recibirla por sorpresa e inhalar aquella verde cortina de humo, cayeron en un profundo sueño casi al instante.

—Zona asegurada, capitán, las lecturas térmicas confirman a los tres cuerpos en reposo.

—Perfecto, Melindai, llama al vehículo ligero, tomemos a estas y larguémonos de aquí.

—A la orden, capitán —respondió rápidamente Melindai mientras se comunicaba con el vehículo el que, al escucharla, se puso en movimiento rápidamente para recogerlos y llevarlos al campamento donde comenzaría el interrogatorio.

Fecha de navegación estelar (1 Me'k antes):
13Tlo't 3Flo't 6Clo't 9Nu'k 8Du'k 2Me'k 1Ke'k DP.
Ubicación intergaláctica específica actual:
Planeta Anvag
Última ubicación intergaláctica conocida:
Planeta Pamalungo

—Muy bien, Walaga, aquí me tienes —dijo Maliseche mientras se terminaba de materializar desde el puerto espacial en Ceten 1 a la cómoda oficina de su peludo amigo.

—¿Qué quieres? —preguntó mientras tomaba asiento una vez ya completamente materializado en el lugar.

—Bueno, primero que todo, siento que te debo unas disculpas, Maliseche.

—Tú no me debes nada, amigo mío —interrumpió rápidamente Maliseche—. Ambos sabemos que no eres responsable de su muerte.

—Bueno, aun así, me siento algo incómodo de molestarte en estos momentos, pero tú sabes, el deber llama.

—No te preocupes por eso, además, soy yo el que debería disculparse por meterte en tanto lío burocrático.

—Tranquilo, Mali, encontrarte fue más difícil que el papeleo para deshacerme de tu adorable mascota.

—Bueno… pues aquí me tienes ahora. ¿Qué tenemos?

—Verás, hace unos Du'k se registró una anomalía en ciertos seres de tercera categoría, más específicamente en las clones de la fábrica Caleb del planeta Fena.

—¿En Caleb? ¿Cuál podría ser la anomalía? Si no mal recuerdo, Caleb es la fábrica con mayor producción de clones en la galaxia, sus fallas de producción siempre son cifras controladas; cifras con las que tampoco pierde ingresos, ya que son estas fallas las que se venden en el mercado independiente.

—Correcto, pero como bien tú sabes, siendo estos, seres de tercera categoría sean en menor o mayor escala no cuentan con libre albedrío.

—Claro, se supone que es el propietario quien los programa según sus requerimientos.

—Exacto, pero allí viene la anomalía, puesto que cada vez más y más clones de Caleb están presentando lo que se podría interpretar como… libre albedrío.

—Pues perfecto, ya tienes el problema visto. ¿Cuál es mi misión?

—Sigues siendo el mismo hombre de acción de siempre, pero espera un poco, Mali.

—¿Qué sucede?

—Verás, esa es la anomalía detectada, que si bien es un problema, no es el problema central.

—¿Hay más aún?

—Me temo que sí. Al momento de detectar las primeras anomalías, se consideró una simple falla de fabricación, pero con el paso del tiempo se fue generando cierto patrón, el cual se comenzó a estudiar.

—¿Un patrón?

—Sí. Al analizar la situación se pudo observar que no era un patrón aleatorio de clones el que presentaba este nuevo comportamiento, sino que el suceso se producía en aquellas que cumplían principalmente funciones de guardia en los sectores más aislados, al igual que aquellos pertenecientes a los escuadrones de sectores con escasa población. Incluso se registraron ciertos casos más aislados en diversos prostíbulos que tenían una que otra clon de Caleb.

—¿Qué sucedía con estas clones que fallaban?

—Al principio simplemente desaparecían; a algunas se les encontraba cerca de donde se les vio por última vez, desorientadas, débiles y agresivas; otras no parecían abandonar sus puestos, pero dejaban las comunicaciones y al momento de revisar se les encontraba desnutridas, al borde la muerte, llenas de preguntas y desorientadas aunque débiles también. Como te dije al principio se consideró una simple falla, pero luego las cifras comenzaron a aumentar.

—¿Y qué hicieron?

—Se integró una cámara junto a un radar en uno de los ojos de varias clones, las cuales fueron dispuestas en posiciones estratégicas.

—¿Qué sucedió? ¿Encontraron al responsable?

—Algo así. Una vez dispuestos los clones se vigiló la transmisión día y noche, hasta que finalmente alguien llegó a las clones, sin embargo, este ser jamás mostró su rostro; llegaba en completo sigilo, se acercaba a ellas y entonces las cámaras y los radares se desactivaban de pronto. Al llegar se encontraba a las clones muertas y sin ojos, como si aquel ser que llegaba supiera lo que le esperaba.

Walay-gahum tomó unas carpetas que tenía a su lado y las arrojó sobre la mesa frente a Maliseche, observó fijamente a la ventana y se dirigió hacia ella a medida que murmuraba algo, como tratando de recordar.

—Esas son todas las imágenes que pudimos captar antes de las desconexiones.

Pagtukod miró las imágenes meticulosamente durante unos instantes, y sin alzar la cabeza, habló con un claro tono de molestia para Walay-gahum.

—¿Esto es todo lo que tienen de esta hembra?

Walay-gahum volteó rápidamente, y algo exaltado, se acercó a Maliseche mientras preguntaba anonadado:

—¿Cómo sabes que es una hembra?

—Por favor, Walaga, sabes que podría reconocer a una hembra en cualquier lugar de la galaxia aun con los ojos cerrados, es más, si te fijas en todas las imágenes al mismo tiempo te puedes dar cuenta que la atacante siempre es el mismo ser.

El rostro de Walay-gahum no ocultaba su molestia ante las palabras de Maliseche, incluso su voz dejaba escapar incomodidad hacia su amigo.

—¿Me estás diciendo que descifraste cantidades de du'k en investigación con solo mirar esas fotografías?

—¡¿Cantidades de du'k?! ¿Desde cuándo que esto está sucediendo?

—Ya casi un nu'k —gruñó Walay-gahum.

—¡¿Un nu'k?! ¿Y qué han hecho todo este tiempo?

—Principalmente estudiar el problema y tratar de contenerlo, sin embargo, cuando creemos solucionar uno de los focos problemáticos, aparecen dos o tres más. Esto se nos está comenzando a ir de las manos, es por eso que recurrí a ti, eres el mejor en esto.

—¿Cómo es que nadie sabe de esto?

—Como sabes, amigo mío, existen actualmente diversas posturas sobre los derechos y el tipo de uso que se le da a los seres vivos de tercera categoría. Están aquellos que les defienden expresando cosas como el supuesto y aberrante trato que se les entrega apelando a su calidad de seres vivos independiente de su categoría; otros que consideran que son un peligro para los seres de primera categoría debido a su cercanía con estos, y entre otros, están aquellos que creen que por el trato que se les entrega, eventualmente podrían llegar a ser una amenaza para la paz en la galaxia, exigiendo bajo esta premisa su prohibición. Y es justamente un problema como este el que desataría una polémica que podría llevarnos a la negativa de su uso, es por ello que la gente que estoy representando en este momento ha invertido sumas bastante grandes de dinero para mantener esto con el perfil más bajo posible.

—Esta reunión nunca ha sucedido, ¿no?

—Exacto, mi querido Maliseche. Como mencioné anteriormente, tratamos de mantener esto con el perfil más bajo que sea posible, incluso evitando el uso de Thunzý'mang o ciertos grupos selectos de Rusell que en el pasado han entregado excelentes resultados... discreción ante todo es lo primordial en este momento... Es por ello y por tu velocidad para entregar resultados que estás aquí. Como dije antes, eres el mejor en esto.

Pagtukod logró comprender en aquel momento (por la seriedad de Walaga y el hecho que una de las empresas galácticas más grandes estuviera comprometida) que este podía ser tal vez, su última misión. Así que se inclinó un poco, levantó su pantalón y tomó desde su calceta una vieja petaca, la abrió con total calma y acercó el resto de las carpetas a él mientras tomaba un largo trago para luego romper el silencio una vez más.

—«Operación Anselý» —señaló en voz baja, como

tratando de recordar algo mientras se acomodaba en su lugar—. Está bien, Walaga, comprendo que soy bueno con las damas pero llevan ustedes, quién sabe quiénes, de hecho, cerca de un nu'k batallando con esto, y la verdad, esto no es algo que me guste decir, pero incluso yo podría necesitar ayuda y ambos sabemos que trabajo solo.

—Lo comprendemos, Mali, es por esto que Caleb ha dispuesto para ti en esta misión su máxima creación.

—¿Su máxima creación?

—Sí, está aún en sus últimas etapas de perfeccionamiento, pero se especula que esta podría ser la herramienta perfecta.

—Está bien, Walaga, deja lo rodeos. ¿Qué tienes para mí?

—Acompáñame —respondió Walay-gahum mientras abandonaba la oficina por una puerta oculta que apareció a las espaldas del político. Pagtukod lo siguió de inmediato, observando algunas puertas térmicas a medida que avanzaban por un pequeño pasillo blanco que terminaba en un pequeño elevador, al cual ingresaron. Una vez dentro, Walaga activó con una de sus garras un pequeño panel de control, digitando códigos que Maliseche no entendía, a pesar de sus extensos conocimientos en idiomas. Al terminar, el panel desapareció y comenzaron a descender.

—Mali, debo advertirte que estás a punto de recibir un completo secreto empresarial que Caleb ha diseñado.

—Sí, Walaga, como digas, secretos y más secretos —asintió Maliseche en tono irónico mientras el elevador se detenía abriendo sus puertas a una habitación totalmente sombría. En la oscuridad de esta, Pagtukod no avanzó al mismo tiempo que su amigo, por el contrario, se quedó quieto en señal de queja y burla—. Está bien, Walaga, comprendo que tú puedes ver en la oscuridad, pero te recuerdo que yo no.

—Mis disculpas —dijo el político entre risas. Mientras se alejaba, se escuchó únicamente el sonido de sus zapatos a cada paso, luego se detuvo y comenzó a realizar un sonido vibratorio muy particular, similar al zumbido de un motor.

—Walaga, estás…

—Sí, amigo mío —se apresuró en responder Walay-gahum mientras la extraña y blanca habitación se empezaba a iluminar.

—Hace ya varios clo't que no lo escuchaba.

—Sabes que es algo muy personal para mi raza, pero además sirve frecuencialmente como llave de activación privada; es un sistema más seguro que el de identificación de retina, desarrollado por mi pueblo hace algunos pocos nu'k.

—Eso no lo sabía, mi peludo amigo, un avance bastante interesante, pero de eso hablaremos luego. Ahora dime, ¿dónde estamos?

Walay-gahum caminó a paso lento hacia una pared, colocó su mano sobre esta y volteó para mirar por unos mi'p a Maliseche quien, silencioso, recibió la respuesta que buscaba.

—Un secreto. Está bien… comprendo. —Pagtukod alzó los hombros mientras Walay-gahum retiraba su mano de la pared, la cual comenzó a abrirse lentamente y dejó escapar un frío vapor, encendiendo unas tenues luces dentro de aquel espacio que permitieron entrever una cápsula con una desnuda fémina dentro de ella. Maliseche no dudó y se acercó a su amigo para poder apreciar con mayor detalle a aquella hembra, de la cual se apreciaba una perfecta silueta. No obstante, al llegar, su decepción se hizo notar en sus palabras.

—¿Una clon? ¿Eso es todo?

—No, amigo mío. Te presento a GN-I, la primera híbrida biomecánica funcional. No es máquina, ni clon, ni za'taiwo, sino más bien un balance perfecto entre lo orgánico y lo tecnológico, creada después de incontables nu'k de decepcionantes ensayos y errores por el doctor Saito Deb, un genio verdaderamente único en su categoría.

—¿La primera híbrida biomecánica? Pero si existen montones de clones de Caleb alteradas mecánicamente.

—Sí, amigo mío. Como tú mismo dices, alteradas, simples clones que pierden alguna parte de sus cuerpos que luego se remplazan por algún implante mecánico, pero no GN-I, ella es realmente única, pues todo su cuerpo se compone de organismos nanotecnológicos orgánicos. Es, en apariencia, un ser orgánico común, pero a su vez es un ser completamente biomecánico de interface reestructurable. Lo que requieras está en su composición genética. Siendo así, las heridas no son problema para ella, así como la muerte no es una preocupación.

—¿Es inmortal?

—En teoría lo es, pues si tan solo una de sus partículas nanotecnológicas sobreviviera a lo que fuera, con el tiempo ella podría llegar a regenerarse completamente.

—Dado que su cuerpo es tecnología mutable en sí,

ella es un arma, ¿no?

—Todo en ella es configurable y adaptable. Además posee la capacidad de absorber nuevas tecnologías para su beneficio: puede evolucionar a su beneficio o necesidad. Es única.

—¿Y Caleb simplemente me entregará su arma más poderosa?

—Situaciones extremas requieren medidas extremas, amigo mío. Además, ellos creen que a pesar de todo, GN-I sería mucho más útil bajo tu dominio contra la amenaza que enfrentan en estos momentos que entre sus filas de contención. Permíteme activarla para que puedas comenzar a darle configuración.

—¡No! Espera, Walaga, tengo una mejor idea… Si ella es completamente configurable como dices, físicamente es perfecta, claro. Pero no estoy dispuesto a tener en el campo a alguien a quien no conozca, no podría confiarle mi vida… transpórtala a mi nave, por favor.

—Como gustes, Mali. Simplemente dame el código de transporte para tu nave y la transportaré allí.

Maliseche titubeó unos segundos ante las palabras de su peludo amigo, pero a estas alturas no había retorno, por lo que simplemente levantó su muñeca y dijo:

—Melindai, envía el código de transporte y las coordenadas exactas del taller de la nave al correo de Walay-gahum. Recibirás un paquete bio-tecnológico no hostil… ¿Listos, Walaga?

—Todo en orden, Mali, transportaré a GN-I de inmediato…

—¡Espera! —interrumpió bruscamente Pagtukod.

—¿Qué sucede, Mali?

—¿Puedes transportarme a mí también?

—Sin problema alguno, amigo. ¿Listo?

—Nací listo —aseveró altaneramente mientras era rápidamente transportado al taller mecánico de su nave.

—¿Melindai?

—A sus órdenes, capitán.

—Te presento a GN-I, un modelo híbrido único en su especie, en la cual tú te vas a descargar.

—Mis disculpas, capitán, pero requiero una orden más específica.

—Es sencillo, Melindai. En este punto de excéntrica vida, creo que eres el único ser en el que puedo llegar a confiar, por lo que de ahora en adelante, gracias a esta nueva tecnología proporcionada por Caleb, no solo serás la IA de la nave sino que también tendrás un cuerpo físico que podrás manejar y con el cual me acompañarás en mis misiones. Así que quiero que descargues tu conciencia en GN-I y te sincronices al mismo tiempo con la nave.

—A sus órdenes, capitán.

Las paredes del taller comenzaron a abrir pequeños orificios por donde docenas de cables salieron directamente hacia GN-I, conectándose en ella.

—Enlace establecido, capitán.

—Perfecto. ¿Cuánto tardarás?

—Calculando… Cálculo finalizado: la descarga se realizará en 20.2 tri'c y la sincronización en 3.4 tri'c, capitán.

—Eso me da tiempo suficiente para revisar el caso. Voy a la sala de mando, comunícame con Walaga.

—A sus órdenes, capitán.

Al dirigirse hacia la sala de mando Maliseche hizo

una pausa; cerró los ojos y respiró profundamente mientras balbuceaba—: Al destino por el cuello. —Abrió los ojos, sonrió confiado e ingresó a la sala de mando. Una vez allí encendió su pantalla y enlazó comunicación con su amigo para divisar claramente a Walay-gahum quien, sin reparos, mutilaba y penetraba a su imperturbable sirvienta Nthawi.

—¡Por favor, Walaga! Podrías haber dejado solamente el audio de la llamada.

—Vamos, Mali —soltó Walaga con la voz entrecortada y la respiración agitada—. ¿Acaso no te gusta mirar? Si quieres te nos puedes unir. Te envío de inmediato los códigos de transporte.

Pagtukod no solía ser una persona que rechazara oportunidades para tener encuentros sexuales, menos en casos como los de Nthawi, una clon modificada con especificaciones para otorgar un mayor placer físico. Esta no sería una excepción a las costumbres del mujeriego capitán, por lo que tomó los códigos de acceso, los ingresó en el sistema de transporte y se incorporó rápidamente en la oficina de su peludo amigo. Al mismo tiempo que se materializó se desprendió de sus pantalones e introdujo su viril miembro en la boca de la muda sirvienta, la cual mostró sus habilidades entregando nuevas sorpresas desde su último encuentro. De este modo, Maliseche se sumergió completamente en el placer de aquella felación, la cual le entregó de manera exacta la medida justa de calor, de fluidos y de ligeras caricias en la base inferior de su glande. No obstante, y a pesar de aquella desorbitante cantidad de placer, la perfección estaba lejos de expresarse en aquel escenario, o al menos ese era el persistente pensamiento que se rehusaba a abandonar la mente del fornido capitán. Al abrir los ojos pudo divisar a su antiguo amigo arrebatarse de pronto de forma violenta contra uno de los hombros de la clon, introduciendo sin contemplación sus afilados dientes, haciéndola sangrar de manera grotesca; expeliendo su dulce aroma a dolor, el cual una vez inserto en las fosas nasales del capitán, provocó el clímax máximo, llenado así con sus cálidos fluidos salados la boca de aquella hembra de tercera categoría quien, pese a la exuberante cantidad de semen, no mostró quejas al momento de almacenarlo todo en su boca para posteriormente tragarlo cual suculento alimento.

—¿Qué fue eso, Walaga? —cuestionó en una ligera exhalación Maliseche, luego retrocedió y buscó dónde reposar su plácido cuerpo.

—Te vi algo complicado, mi querido amigo. No veía aquel placer que he escuchado a partir de tus historias y para ayudarte a recordarlas, te entregué aquello que suele ser determinante para ti... ¡Sangre!

Maliseche comenzó a reír y con un gesto indicó a Nthawi su nuevo deseo; la joven asintió y sirvió un vaso de wayïh en proporciones perfectas para el fornido capitán.

—Está bien, Walaga, lo aprecio, pero es momento de darle fin a este placentero recreo e ir a lo que nos compete —concluyó Maliseche para luego ingerir todo el licor del vaso en un enérgico sorbo.

—El siempre tan eficiente Capitán Maliseche Pagtukod —expresó Walaga en un notorio tono de burla, obteniendo de respuesta una sonrisa en el rostro de su amigo.

—Tengo 24 tri'c antes que Melindai termine de

descargarse completamente —advirtió Maliseche mientras acomodaba su pantalón con las manos y con un ligero gesto de su cabeza pedía más licor a la sirvienta—. ¿Qué tenemos?

Walay-gahum logró percibir algo de impaciencia en su amigo, por lo que le miró fijamente mientras replicaba su acto y extendía su mano para obtener un vaso de licor realizando así una pausa antes de responder—. Comenzaré entregándote los detalles más significativos de la información recopilada hasta el momento, amigo mío, pero antes de comenzar, ¿tienes alguna inquietud que quieras resolver?

—Dos, de hecho, mi peludo amigo. La primera es: ¿podrías enviar toda la información a Melindai?

—No hay problema, sin embargo, por causas confidenciales se la enviaré con encriptación privada, si no te molesta.

—Perfecto —replicó Maliseche de inmediato con una sonrisa mientras Walaga procedía a encriptar los archivos para así mandarlos rápidamente y proseguir.

—Enviado, amigo mío. ¿Y lo segundo?

—Anselý… —alcanzó a decir Pagtukod antes de preguntar—. ¿Por qué Anselý?

—Pareces conocer la palabra, amigo mío.

—Recuerdo haber escuchado historias de borrachos en ciertos bares, tal vez hace ya un clo't, cuando conocí por primera vez Pamalungo. Nada a lo que prestara demasiada atención, la verdad, pero recuerdo que parecía ser algo que asustaba bastante a los lugareños.

—Permíteme mostrarte algo primero —se adelantó Walaga calmadamente mientras tomaba un cristal de memoria plana de clase militar para reproducción visual clasificada—. Lo que estás por ver, Mali, es el registro visual 002 de operación Anselý —explicó y colocó el cristal en el escritorio, haciéndolo girar. Esto lo hizo emitir una proyección en la cual se podía ver claramente una clon dentro de una sala de interrogatorio, sin embargo, a pesar de poder ver con la misma claridad a dos agentes hablando, no había reproducción de sonidos, por lo que Maliseche miró dubitativo a su amigo, quien respondió rápidamente—. Efectivamente, Mali, no hay audio. A pesar de la avanzada tecnología de Caleb, durante el procedimiento no lograron captar sonido alguno del interrogatorio en aquella sala.

—¿Y qué dijeron los agentes?

—Ese es el problema, Mali. No tenemos manera de saberlo —respondió Walaga mientras pausaba el video para acotar—. Es aquí cuando Caleb supo que se enfrentaba a algo peligroso —afirmó y luego reanudó la reproducción en la que inesperadamente la prisionera comenzó a mirar fijamente a la cámara, mismo tiempo en el que comenzó a generarse distorsión en la imagen, para luego finalmente escuchar un espeluznante conjunto de gritos provenientes de la clon, quien gritaba en una inmensa variedad de idiomas poco comunes. Posteriormente bajó la voz y dijo con calma: «Larga vida a Anselý». Súbitamente la imagen se fue a negro y antes que Maliseche pudiera articular cualquier pregunta, Walaga comenzó a hablar.

—Todos los gritos que el equipo de Caleb pudo descifrar en los diversos idiomas decían lo mismo: «Larga vida a Anselý». Se presume que en los idiomas que no se pudo traducir decía lo mismo, sin embargo, como pudiste ver, no fue hasta que habló en nuestra lengua común que se calmó. Y fue allí, en ese preciso momento, que toda la habitación y gran parte del edificio voló en pedazos. Es por esto que no podemos saber qué fue lo que pudieron escuchar los agentes, pues no quedó rastro de sus cuerpos. Tampoco tenemos manera de hacer lectura de labios, pues no fue hasta que comenzó a gritar que subió la mirada, lo único que obtuvimos fue un nombre: Anselý.

—¿No capturaron más?

—La verdad, mi querido amigo, es que esta clon no fue capturada. Ella llegó caminando y con las manos en alto a las puertas de Caleb. Ninguna cámara pudo captar de dónde apareció. Es como si simplemente hubiera aparecido de la nada, sin embargo, respondiendo también a tu pregunta: sí, se lograron capturar algunas más. No obstante, la mayoría de ellas al ser capturadas detonaron sus cabezas con la misma consigna en sus bocas.

—Larga vida a Anselý… —repitió Maliseche antes de proseguir—. ¿Y las que no detonaron sus cabezas? ¿Por qué no lo hicieron?

—Antes que pudieran hablar se les sedaba con gas de pumpk verde, y se les mantenía así para poder trabajar sobre ellas vivas tratando de averiguar algo, pero a pesar de todos los esfuerzos por conseguir algo, la información obtenida fue muy escasa ya que estas solo hablaban en una lengua indescifrable que se creía muerta hace siglos.

—Entonces sí obtuvieron algo de información.

—Poca, aunque de algún modo de cierta utilidad. Tras diversos experimentos sobre estas clones, una comenzó a balbucear en lengua común antes de obtener mayor lucidez y detonar su cabeza, repitiendo una y otra vez «jamás podrán con nosotras, jamás vencerán a las Svéhlavý».

—¿Svéhlavý?

Walaga tomó una pausa con claro tono de incomodidad mientras golpeaba nerviosamente con una garra el vaso que sostenía su mano, observándolo fijamente para responder sin mirar el rostro de su amigo.

—No estoy realmente seguro de cómo explicar lo que viene a continuación. Creo que lo que estoy a punto de contarte responderá a varias de tus interrogantes.

—Menos misterio y más respuestas, Walaga —interrumpió con desprecio Maliseche, a lo que Walaga con total seriedad respondió rápidamente.

—No se trata de misterio, amigo mío. El problema está en que todo lo que estoy a punto de contarte no es alguna información que se posea a ciencia exacta, es algo principalmente basado en el saber popular y viejas leyendas galácticas, pero para nuestro infortunio, parecen ser más reales de lo que podríamos esperar.

—Está bien, Walaga —decretó Maliseche con total seriedad—. Tienes mi total atención.

—Fena, amigo mío. No siempre fue lo que es ahora. Así como Caleb no siempre fue lo que parece. Hace muchos tlo't Fena era dominado por las «Ungwiro», una de las razas primigenias más poderosas de la galaxia, guiada por las hembras que allí habitaban y liderada por la más poderosa y temida reina que jamás ha existido: la reina «Brïrjha», una despiadada za'taiwo, quien tomaba todo en cuanto sus deseos impusieran y destruía a todo quien se le opusiera. Fue en esta campaña de terror que los machos de su pueblo se vieron drásticamente mermados y reducidos a esclavos obligados a labores netamente reproductivas (si sus genes cumplían con altos estándares de excelencia) o simplemente colocados en labores nefastas que los llevaban rápidamente a la muerte. No se tiene completa claridad del cómo, ya que como esclavos no dejaban muchos registros de sus actividades, pero se sabe que en algún punto, liderados por algún insatisfecho, los za'taiwos esparcieron una plaga en su pueblo; una plaga silenciosa que poco a poco fue infertilizando a las hembras de Fena. Para cuando su pueblo pudo notar el horror de aquella acción, era demasiado tarde para hacer algo. Sin embargo, Brïrjha no estaba dispuesta a rendirse y dejar que su reino se desmoronara sin más, por lo que, en un acto de notoria desesperación, mandó a recopilar los mejores genes de toda la galaxia, tratando inútilmente de poder refertilizar a aquellas afectadas por la plaga... Todos sus esfuerzos fueron en vano. No obstante, estando ella aún en un estado de inmaculación sexual, se encontraba libre de la plaga que afectaba a sus súbditas, por lo cual en un último gesto de obstinación, tomó lo que consideraba lo mejor de lo mejor en genes recopilados y decidió fecundarlos en su propio cuerpo; tratando de dar vida a la siguiente generación de su reino.

—¿Y qué fue lo que sucedió? —interrumpió Maliseche mientras le pedía a Nthawi más licor, a lo que Walaga replicó su acto y prosiguió.

—Tras la justa espera, la reina Brïrjha dio a luz a la que fue considerada el ser vivo más perfecto de toda la galaxia: la princesa Anselý...

—¡¿Qué?! —interrumpió eufórico Maliseche, acto

ante el cual Walaga levantó su mano para hacerle callar y poder proseguir.

—Aquí es donde las cosas se tornan algo complejas de explicar y entender. Cuando finalmente nació la princesa, esta fue bautizada con el nombre de Anselý, nombre que la reina Brïrjha consideraba perfecto y debía ser único. Por lo cual, bajo un mandato impuesto por ella a la galaxia, nadie podía volver a usar jamás aquel nombre y quien se atreviera a desafiarle sería enjuiciado por la primogénita misma; por otra parte, debido a los genes en la princesa, esta no tardó en crecer y aprender a usar al máximo sus potenciales y habilidades, las cuales son un misterio hoy en día. Al principio se creyó que el nacimiento de la princesa era todo lo que se esperaba y más, por lo que en base a sus genes se buscó modificar en las guerreras un grupo de élite que sería comandado por Anselý para así reivindicar el nombre del pueblo de Ungwiro, y tras gran cantidad de ensayo y error se dio con este selecto grupo de guerreras completamente fieles a su reina y princesa denominado... «Svéhlavý». —El rostro de Maliseche no escondía su confusión al momento en que su amigo suspiraba buscando fuerzas para proseguir. Aun así, no quiso interrumpirlo y mediante un rápido gesto le pidió más licor a la sirvienta. Walaga, por su parte, prosiguió con su relato:

—Cuando el mandato sobre el nombre de Anselý fue dictado, debido al miedo de las antiguas glorias del pueblo de Ungwiro, todos obedecieron sin titubear, sin embargo, por lo que se cree un problema de traducción, un pueblo comprendió mal el mandato y decidió nombrar a todas las nuevas generaciones de hembras en su planeta con el mismo nombre de la princesa, hecho que tras varios nu'k llegó a oídos de la reina, quien completamente ofendida por la situación, decidió hacer gala de su nuevo poder bélico enviando como el mandato dictaba, a su propia hija a dar juicio a aquellas féminas, la cual, sin dudarlo, tomó a las Svélavý y partió a aquel planeta. Fue allí donde la reina comprendió el error en su creación, pues una vez en este planeta, la implacable Anselý junto a las Svélavý purgaron a todo aquel ser vivo que lograron encontrar. Solo algunos pueblos menores lograron escapar de la purga, vagando en órbita durante generaciones para finalmente llegar al borde más alejado, asentándose en un insignificante planeta para vivir del contrabando; planeta que algunos nu'k más tarde sería bautizado como «Pamalungo».

—¿Es por esto que los lugareños tienen tanto miedo del nombre Anselý? —inquirió Maliseche tratando de aclarar su mente, a lo que Walaga respondió rápidamente.

—Creemos que seguramente los lugareños que quedan no tienen la más mínima idea quién fue realmente Anselý, pero, como toda leyenda popular, ellos han de tener miedo de lo que este nombre puede representar. En la investigación se trató de charlar con los lugareños de Pamalungo para recopilar algo más de información luego de escuchar el nombre y averiguar la leyenda tras este, sin embargo, de los que decidieron hablar se extrajo que Anselý no significa otra cosa que lo que podríamos traducir a lengua común como «la maldad pura», otros incluso creen que su sola mención puede atraer a la muerte misma.

—Comprendo… —señaló Maliseche, pensativo, antes de formular una nueva pregunta—. Pero luego de la purga a manos de Anselý, ¿qué sucedió? Dijiste que la reina había comprendido su error. ¿Qué error?

—Tras la plaga en Ungwiro, la reina hizo todo lo posible para no dejar caer a su pueblo, y fue durante la purga, que esta comprendió su error y sintió finalmente sobre ella la culpa de la venganza hacia su propio pueblo a manos del género masculino. Fue allí cuando su hija volvió y pudo ver la incontrolable bestia que había creado, por lo que decidió dejar fluir el curso natural de las cosas, y viéndolas ahora como la aberración que eran, ordenó a las Svélavý sacrificarse por su reina; orden que estas obedecieron sin dudar, desapareciendo rápidamente de la faz de Fena. Sin embargo, aunque quisiera, la reina no podía ni estaba dispuesta a condenar a muerte a su propia hija, por lo que puso a esta en un criosueño perpetuo y la escondió donde nadie jamás pudiera encontrarla. El pueblo de Ungwiro de a poco comenzó a mermar, y como la guerra ya no era una opción, Brïrjha decidió, gracias a lo aprendido en sus anteriores errores, dar un vuelco a su reinado de terror y comenzó a crear clones de alta calidad basados en estándares más controlables de lo aprendido en las Svélavý, pero programables y resistentes; clones las cuales vendía en pequeñas cantidades a los mejores postores, convirtiendo de a poco su gigantesco hogar castillo en una fábrica que años más tarde llamaría «Caleb», donde la producción de clones se volvería el único objetivo, lo cual poco a poco destruiría la gloria de lo que alguna vez había sido el planeta de Fena, y permitiendo del mismo modo que el pueblo de Ungwiro cayera en el olvido.

—Si todo esto es una historia en el olvido, ¿cómo es que ustedes la conocen tan bien?

—Caleb fue construida a partir del castillo donde vivía Brïrjha, en el centro mismo de la fábrica. Este se mantiene intacto y es en una de sus habitaciones que dentro de su locura la reina talló esta historia. Solo sabemos esta versión, tal vez fue así, tal vez no, de lo que sí estamos seguros es que Brïrjha fue la madre fundadora de lo que hoy se conoce por Caleb, es por esto que se nos hace tan complejo poder explicar lo que está sucediendo.

—Hay algo que no me estás contando, Walaga, algo de lo que estoy seguro se sustenta toda esta magnánima operación —inquirió molesto Maliseche, a lo que Walay-gahum comenzó a reír estrepitosamente antes de responder.

—Estoy completamente seguro que si no fuéramos amigos, esta pregunta habría sido realizada con tu pistola en mi cabeza.

—Es una posibilidad. Sin embargo, tu esquiva respuesta solo me hace reafirmar mi creencia, así que, amigo mío, ¿qué es lo que estás ocultando?

—Maliseche Pagtukod, vales cada exlato invertido en ti —aseveró Walaga antes de beber todo el contenido de su vaso y proseguir—. Verás, GN-I es algo más de lo que te he dicho, de lo que sabes y de lo que probablemente pronto la IA de tu nave sepa. GN-I fue creada a partir del material genético de Anselý…

Maliseche, sin pensarlo, arrojó el vaso que sostenía en su mano mientras eufóricamente se ponía de pie botando la silla en el proceso para luego apretar sus ojos, dar vueltas en el lugar y decir al tono de sus acciones.

—Entonces, los muy hijos de puta encontraron a Anselý.

—Sí… —confirmó Walay-gahum mientras, con un gesto, ordenó a su sirvienta que limpiara los restos de vidrio esparcidos por toda la habitación.

—Y lo que Caleb realmente quiere es que extraiga al activo con vida para que puedan seguir experimentando con ella, ¿no?

—No precisamente…

—Si supiste todo el tiempo que era ella, ¿por qué no me lo dijiste desde un principio?

—Ese es el punto, amigo mío. No estamos seguros de que lo que está ahí afuera sea Anselý. Solo sabemos que lo que está allí, de algún modo está afectando a las clones de Caleb.

—Después de todo lo que me dijiste, ¿cómo es que no pueden estar seguros que ella sea Anselý?

—Cuando finalmente se encontró a Anselý, Caleb no estaba seguro de qué hacer con ella, por lo que se contrató al condecorado doctor Saito Deb, quien la estudió por varios nu'k y, tras concluir que su clonación era imposible, impensable y aberrante, se le otorgó la misión de crear, en base al ser más perfecto del universo, el arma definitiva. Y como te dije, tras varios nu'k de ensayo y error, este creó a GN-I, sin embargo, en la etapa final de programación algo salió mal y el laboratorio del doctor explotó. Debido a su composición, GN-I se reconstruyó de manera automática. No obstante, todo lo demás, incluyendo al doctor Saito, su investigación y la misma Anselý desapareció aquel ke'k. Caleb no sabe realmente a lo que se enfrenta y, por más que lo combate, este enemigo se vuelve cada vez más fuerte. Tú eres la última opción que le queda a Caleb, antes que esto se convierta en una guerra de proporciones cósmicas como las que no se ven desde el tiempo previo a Panahon.

A pesar de las palabras de Walay-gahum, Maliseche no parecía calmarse, y sin previo aviso, se acercó a Nthawi y comenzó a golpearla frenéticamente, reventando casi al instante todo su rostro; dificultándole casi por completo el respirar para luego bajar una vez más su pantalón, voltearla, rajar su vestido, ropa interior y comenzar a penetrarla al mismo ritmo que le tomaba de sus cabellos y le azotaba el rostro contra el piso acompañado por ningún otro sonido más que el de su respiración pesada y grotesca. Walaga observó la escena como si no existiese nada de nuevo en ella, tomó la botella de licor, la abrió, tomó un vaso nuevo y lo llenó hasta el tope, dejándolo sobre la mesa. Cuando esa tranquila acción había concluido, un fuerte grito recorrió la habitación mientras Maliseche se ponía de pie una vez más, tomando el vaso y bebiéndolo completamente mientras comenzaba a orinar sobre la agónica sirvienta, acto ante el cual Walaga solo comentó:

—En el cuarto de baño hay toallas limpias y ropa cómoda. Cuando Nthawi se ponga de pie, se encargará de limpiar la sangre de tu ropa. Frente al cuarto de baño podrás encontrar otro cuarto pequeño con una cómoda cama para que descanses un poco. Cuando despiertes probablemente me encontraré en la sala común mientras los droides de limpieza se encargan de esto.

Maliseche, sin decir nada, dejó el vaso vacío una vez más sobre la mesa y se retiró de la oficina, seguido por Walaga.

—¿Cómo va todo, Melindai? —preguntó Maliseche mientras refregaba sus ojos al despertar.

—Todo prosigue en óptimas condiciones según lo acordado, capitán.

—¿Has encontrado algo útil en la información entregada por Walaga?

—Todos los sistemas que no se encuentran en el proceso de descarga y sincronización con GN-I están analizando la información, capitán. Sin embargo, según lo triangulado, podría aproximar en este momento que cerca de un 80% de la información entregada es mayormente inútil o ineficiente por sí sola; un 11% requiere de mayor información para entregar algo certero, pero puede ser de utilidad y el 9% restante entrega información útil y hasta el momento relevante.

—Bueno... jamás hemos trabajado con tanta información desde el principio, esto quizás podría funcionar. Infórmame cualquier novedad, Melindai —manifestó Maliseche mientras se ponía de pie y cortaba la llamada, antes de escuchar la típica respuesta programa de Melindai «A sus órdenes, capitán» para dirigirse a donde estuviera su peludo amigo, el cual se encontraba, tal cual había dicho, en la sala común.

—Buenos días, capitán —exclamó con un ligero toque de ironía mientras dejaba su café a un lado, junto a su varilla holográfica portátil de lectura.

—Está bien, no es necesaria la ironía, sé que me excedí más de lo normal —aseveró Maliseche mientras levantaba sus manos en señal de disculpa.

—Para ser justos, esta vez te noté bastante calmado —comentó Walaga junto a una incómoda carcajada, acción que logró sacar algunas risas de Pagtukod.

—¿Un café, amigo mío? —ofreció el peludo político mientras apuntaba a su sirvienta, quien ya se encontraba preparando una jarra del marrón líquido según las especificaciones entregadas por este antes de dormir.

—La mejor exportación de los terréanos a la galaxia —exclamó Maliseche mientras recibía la humeante jarra para proseguir.

—A veces agradezco que mis antepasados se involucraran en su proceso evolutivo…

—Es cierto, Walaga. ¿Tus antepasados no son acaso una de las razas primigenias de la galaxia, así como dices lo fueron los Ungwiro? —interrumpió inquisitivamente Pagtukod, a lo que Walay-gahum respondió rápidamente.

—Efectivamente, amigo mío. Aunque hoy expreso con vergüenza que así como mi raza intervino en la evolución de los terréanos, fueron de hecho, según el conocimiento de los ancianos de mi pueblo, los Ungwiro quienes intervinieron en la evolución de mi pueblo, sin embargo, mientras nosotros aún estábamos en el proceso de construir una primitiva civilización, ellos ya estaban dominando la galaxia. Así que si tu pregunta apunta a que mi gente podría tener algo de información, lamento decepcionarte, pero no es así.

Maliseche se acercó, pensativo, hacia la ventana

una vez disuelta su incertidumbre ante el pueblo de su amigo, tratando de procesar los extraños sucesos que acontecían y las aún más inusuales coincidencias entre un mito olvidado, y el violento presente.

—¿De dónde era el profesor Saito Deb? —preguntó Pagtukod sin voltear la mirada.

—Según los registros no tenía un asentamiento fijo hasta que llegó a Caleb, sin embargo, cuando se le encontró fue en un pequeño planeta de poca relevancia llamado Sikugwirizana.

—¿Sikugwirizana? Jamás escuche de él.

—Y no creo que alguien lo haga en poco tiempo más. Sikugwirizana es el último planeta habitado de una estrella agónica; su gente es bastante pobre, por lo que desde hace un tiempo, optaron por esperar la destrucción de su planeta con armonía.

—¿Entonces qué hacía el profesor Saito en aquel lugar?

—Según el registro, estudiaba las mutaciones solares en las cortezas cerebrales de aquellas personas, entre otras cosas. Siendo un pueblo condenado a la destrucción, su gente está inusualmente dispuesta a los experimentos y estudios.

—¿Y por qué nadie va por ellos? ¿Acaso no tiene algún tipo de plan de apoyo o de respaldo ante ese tipo de situaciones límites la federación? —preguntó Pagtukod mientras volteaba hacia Nthawi para pedir más café.

—Sí… y no… —respondió Walay-gahum, tratando de evadir de alguna manera una respuesta más concreta, acto que Maliseche notó rápidamente e inquirió con imponencia.

—¿Sí o no, Walaga? Dame una respuesta clara.

—El problema, amigo mío, radica en que Sikugwi-rizana queda en uno de los bordes exteriores de la galaxia, así como Pamalungo, por ejemplo. Por lo que la jurisdicción, si bien debería incluirlos y apoyarlos, la federación no está realmente dispuesta a invertir recursos en hacerlo, debido a la lejanía.

—¿Existe más información acerca de este planeta?

—No mucho más de lo que ya te he dicho. Es un planeta al borde del colapso, amigo mío; los intereses en este son escasos, diría incluso que tal vez los del doctor Saito eran los únicos que existían.

—Está bien, Walaga. ¿Existe algo más que deba saber que no esté en los archivos enviados a Melindai? Algo… ¿importante?

—No, mi estimado Mali, como ya bien te diste cuenta nuestra información es algo reducida.

—Lo veo y, sin embargo, no han hecho nada para revertir esta situación. Ya llevan un nu'k luchando con un enemigo a ciegas. No es de esperarse que no pudieran hacer algo mejor. Sus servicios de inteligencia apestan, Walaga.

—Debidamente anotado, amigo mío. De todas maneras, es por eso que tú estás aquí, y es por eso mismo que Caleb te entrega su arma más poderosa.

—No será suficiente, y ambos lo sabemos.

—¿Acaso requieres algo más? —cuestionó Walaygahum altaneramente, por lo cual Maliseche comprendió de inmediato que esta podía ser una oportunidad única para abastecerse de las mejores armas creadas por uno de los imperios industriales más grandes, pues si bien Caleb obtenía su renombre principalmente por sus clones, la tecnología armamentista que poseía tenía uno de los estándares de calidad más altos en la galaxia, por lo que no lo pensó dos veces y susurró con cierta excitación:

—Muéstrame lo que tienes.

Fecha de navegación estelar (7 Tri'c más tarde):
13Tlo't 3Flo't 6Clo't 9Nu'k 8Du'k 2Me'k 1Ke'k DP.
Ubicación intergaláctica específica actual:
Planeta Anvag, Puerto de abastecimiento,
dependencias de Walay-gahum
Última ubicación intergaláctica conocida:
Planeta Anvag, Sala común, dependencias de Walay-gahum.

—¿Tienes todo lo que necesitas, Mali?

—No estoy completamente seguro —indicó Maliseche con algo de ironía y una sonrisa en el rostro, respuesta que hizo reír a Walay-gahum, quien respondió mientras agitaba la cabeza.

—Sabes que tienes suficiente en este momento para iniciar una pequeña guerra, ¿cierto?

—Oh, amigo mío… Esta guerra no la inicié yo… —dijo Maliseche mientras abrazaba a su amigo para despedirse.

—El dinero fue transferido a todas tus cuentas, amigo mío, incluso a las fantasmas. Nada te faltará para esta misión, y si sales vivo de ella, serás un za'taiwo más rico de lo que podrías imaginar —finalizó como despedida Walaga, a lo que Maliseche solo respondió mientras se alejaba:

—Tú lo has dicho, amigo mío… Si salgo vivo…

La compuerta de la nave se cerró mientras Melindai activaba los comandos de despegue y Pagtukod tomaba asiento en la cabina de mando.

—¿Cómo va el proceso, Melindai?

—En breves momentos la descarga se habrá completado, capitán, por lo que comenzaré la etapa de sincronización. Para completar el segundo procedimiento requeriré una desactivación paulatina de las funciones de la nave, capitán.

—Está bien, acércanos a alguna luna despoblada, tomemos posición y actívame un criosueño programado para no tener que sentir que espero tanto.

—Negativo, capitán. Durante el proceso de desactivación paulatina, todas las funciones de la nave deben mantenerse apagadas o podría generarse alguna falla en la sincronización.

—Perfecto. Entonces, ¿qué? ¿Tendré que estar 3 tri'c sin poder hacer nada?

—3.4, capitán —respondió inocentemente la IA, incomodando aún más a Pagtukod—. Podría sugerir una revisión manual de la información sobre la misión.

—Perfecto… —balbuceó Maliseche, recordando la pila de archivos con información inútil para la misión—. Podrías haber avisado de esto antes de partir, Melindai.

—Un error que no se volverá a repetir, capitán.

—No te preocupes… —dijo Maliseche al cabo de unos ti'p—. Solo acércanos a alguna luna y toma posición. Voy a jugar un rato con las nuevas armas.

—A la orden, capitán —asintió finalmente Melindai mientras triangulaba la ubicación de la luna más pequeña y despoblada de Anvag.

—4 ti'p para el aterrizaje en «Ceten 3», capitán.

—Perfecto, Melindai, iré al depósito, y en cuanto lleguemos me pondré un traje, luego estaré un rato probando y jugando con las armas nuevas —indicó Maliseche mientras se ponía de pie y caminaba con calma para buscar su escafandra estratonáutica favorita.

—Una vez que aterricemos, capitán y usted baje en Ceten 3, para un proceso óptimo, desactivaré completamente la nave dejando solo los servicios de sincronización...

—Sí, sí, sí —interrumpió bruscamente Maliseche—. Eso ya lo sé, Melindai. No te preocupes, estaré bien, simplemente abre la compuerta trasera. Yo bajaré con el conteiner 3 y seguramente me daré cuenta cuando la nave este una vez más en funcionamiento.

—A la orden, capitán —respondió Melindai mientras Maliseche terminaba de ponerse su traje y la nave aterrizaba ligeramente sobre Ceten 3, donde, sin dudarlo y al abrirse la compuerta, Pagtukod bajó con una sonrisa de oreja a oreja viendo todo el espacio que tenía para usar como campo de tiro.

—Primero vamos a probar esta belleza —dijo Maliseche mientras tomaba un rifle que jamás en su vida había visto y escuchaba a Melindai por el intercomunicador.

—Sistemas desactivados en 5...

—A veces tu cordialidad programada me irrita —interrumpió Pagtukod mientras apagaba el intercomunicador y veía cómo las luces de su nave se apagaban todas al mismo compás—. Veamos qué tiene esta caja que Walaga procuró que fuera depositada con tanto cuidado —dijo Maliseche mientras leía la etiqueta en la caja «Gravie A1000» donde al abrir encontró un variado surtido de elementos, desde minas terrestres hasta anteojos de visión electromagnética—. Supongo que si en una caja llena de municiones ponen un par de visores electromagnéticos, lo ideal será usarlos antes de probar cualquier cosa en ella —concluyó Maliseche mientras acomodaba los visores en su casco y dejaba el rifle a un lado para luego tomar una granada de mano y programarla en el mínimo establecido A1—. ¡Fuego en el hoyo! —gritó al arrojar la granada a lo que él consideraba una distancia prudente y ver con asombro, gracias al visor, el pequeño campo gravitatorio que se formaba alrededor de la granada una vez tocó tierra—. ¡Walaga hijo de puta! —exclamó mientras tomaba otra granada para probar una vez más el efecto de esta, pero con mayor potencia que la anterior, programándola rápidamente en A300, sin embargo, al momento de arrojarla, inesperadamente la granada resbaló de la mano de Maliseche cayendo sobre su hombro, donde al momento de hacer contacto se activó.

—¡¿Dónde estoy?! —exclamó confundido Maliseche al despertar, cegado por las luces sobre él mientras trataba de ponerse de pie. A pesar de su esfuerzo, su cuerpo casi no respondía, sin embargo, en su burdo intento por levantarse, pudo reconocer su sala médica y calmarse así un poco.

—¡¿Melindai?! —preguntó aún exaltado, pero ya un poco menos tenso al sentir el confort de su propia nave.

—Capitán, me alegra que lograra despertar tan pronto —se escuchó por el intercomunicador de la nave una voz femenina como era usual, pero esta vez con un tono notoriamente diferente, el cual Maliseche reconoció rápidamente.

—Esa voz... —alcanzó a susurrar Pagtukod cuando inesperadamente vio entrar por la puerta lo que él creía jamás volvería a ver—. Higpit'inga... —logró decir con la respiración entrecortada mientras comenzaba a llorar y balbuceaba—. ¿Entonces estoy muerto, querida mía? Jamás pensé que el abismo fuera a ser un lugar tan hermoso, pero debes saber, ya que estás aquí junto a mí, que si vienes para vengar tu muerte y torturarme, no te detendré. También debes saber que me he torturado cada ke'k desde que no estoy a tu lado recorriendo la galaxia —terminó de decir el capitán mientras la fémina tocaba su entrepierna y sentía cómo rápidamente una erección crecía allí para responder con un excitante susurro.

—Podrá estar aún tu cuerpo bajos los efectos gravitatorios de la Gravie A1000, pero es increíble como esta zona de tu cuerpo funciona tan autónomamente del resto. Ahora comprendo la fascinación de tantas hembras en él.

—¿De qué estás hablan…? —alcanzó a preguntar Pagtukod antes de que, con total maestría, la encantadora fémina arrebatara los pantalones de sus piernas y posicionara rápidamente aquel eréctil miembro entre sus labios, propinando una felación tan única que Maliseche, a pesar de la dificultad en el movimiento de su cuerpo, logró entremezclar una de sus manos por la oscura cabellera de tal perfecta za'taiwo, presionando con fuerza su nuca; incrementando cada vez más la velocidad en el movimiento e introduciendo cada vez más profundamente su miembro en la garganta de la delgada fémina, donde, perdido en el recuerdo de su inalcanzable amor, rápidamente llenó la boca de aquel hermoso ser con su espeso líquido. La fémina, una vez obtuvo todo de él, se levantó sutilmente saboreando la esencia del capitán para luego de tragar abrir la boca e intentar decir algo, pero su intención fue mermada por Maliseche, quien le interrumpió bruscamente intentando levantarse una vez más, pero con mayor éxito esta vez, logrando sentarse en el borde de la camilla.

—Te agradezco eso… Estuvo realmente bueno… pero ahora dime, por favor, ¿quién eres tú?

El rostro de la fémina no tardó en mostrar impacto

ante las palabras de Pagtukod y, luego de un momento, preguntó algo confundida:

—¿Por qué crees que no soy Higpit'inga?

—Para ser justos al principio pensé que lo eras. Entre el mareo y la visión algo borrosa me confundiste, te vez exactamente como ella y tu voz... ¡Qué voz! —gritó inesperadamente Maliseche antes de proseguir—. Es espeluznantemente parecida, cualquiera podría haberlo pensado, pero te saltaste dos detalles importantes: el primero consiste en que Higpit'inga no dejaba de hablar nunca. De lo poco que recuerdo de los varios tri'c de buen sexo con ella, es que jamás dejó de hablar, a menos que tuviera mi verga en la boca, y allí viene tu segundo error: a ella le fascinaba masticarme el glande con las muelas.

La fémina comenzó a reír con una alegría bastante contagiosa que en poco tiempo tenía a Maliseche riendo junto a ella, interrumpiendo aquel agradable momento solo para poder responder a las dudas de Pagtukod.

—Desde que mi programa de inteligencia artificial evolutiva y adaptable comenzó a desarrollarse siempre tuve muchas dudas respecto a su mundo, capitán...

—¡¿Melindai?! —interrumpió algo confundido y sorprendido Maliseche, pregunta que la fémina respondió con un simple gesto aprobatorio de su cabeza.

—Espero que no esté molesto, capitán, pero una de las dudas que tenía con mayor frecuencia era saber qué era aquello que producía en las hembras, que de algún modo, siempre se marchaban tan contentas y que en ocasiones incluso no querían marcharse.

—Sí... ese fue uno de los motivos por los que dejé

de traer tantas hembras a la nave... Hasta que Higpit'inga apareció esa noche...

—Lo sé, es por ello que usé su imagen para acercarme a usted de manera que no me rechazara al saber quién realmente soy —interrumpió bruscamente la IA.

—Lo comprendo. No te disculpes, de todos, modos jamás rechazaría una mamada. Además, aunque esta sea solo una ilusión, fue agradable volver a sentir a Higpit'inga junto a mí... ¡Espera un momento! —exclamó Maliseche mientras se acercaba a la fémina para tocar su rostro—. Esto no es una ilusión, ¿o sí?

—No lo es, capitán —respondió Melindai mientras acercaba el rostro de Maliseche para besarlo y proseguir—. Cuando el proceso de sincronización terminó, al principio estaba un poco perdida y confundida. Traté de comunicarme con usted, pero no había respuesta, por lo que comencé a desesperarme y de allí a confundirme aún más, pues cada acto que realizaba me otorgaba una nueva e inquietante sensación; cosas que jamás pensé que sentiría. Como IA en la nave, estaba protegida de este mundo, pero en este cuerpo todo parecía nuevo y atemorizante. De a poco comencé a ordenar mis pensamientos y visualizar todas las imágenes que tenía de usted, tratando de aprender de su comportamiento como ser vivo de primera categoría. Cuando ya tenía una idea de lo que era estar... viva. —terminó de decir Melindai mientras una lágrima recorría su mejilla y su mirada se perdía en el rostro del capitán, quien la miraba con total atención, para luego interrumpir aquel momento con un gentil abrazo mientras susurraba al oído de su IA.

—Tranquila, Melindai. Puedo comprender mejor

que cualquiera lo aterrador que puede llegar a ser estar vivo… pero ya todo está bien… solo…

—¡Fóllame! —pidió bruscamente Melindai, interrumpiendo sus palabras mientras apretaba lascivamente a Maliseche, quien al escuchar aquel intrépido comentario comenzó a reír suavemente, acto que produjo en la IA un brusco alejamiento del cuerpo del capitán, sonrojándose y tapando rápidamente su boca para luego preguntar con los ojos completamente llenos de lágrimas—. ¿Dije algo malo? ¡¿No me deseas porque no soy un ser de primera categoría?!

—¡Hey! Tranquila… —dijo Maliseche mientras se acercaba a Melindai y la tomaba de los hombros tratando de calmarla—. No es que no te desee, pero primero tenemos que ir por partes. Ni siquiera me has terminado de contar lo que sucedió luego de la sincronización o cómo es que terminé aquí.

Melindai miró fijamente a Maliseche y prosiguió con calma mientras se secaba las lágrimas—. Cuando finalmente logré tomar consciencia de lo que ocurría, traté de contactarle nuevamente, pero no obtuve respuesta alguna, así que encendí todos los sistemas de la nave para buscarle a través de las cámaras y en una de las cámaras externas le vi tendido en la superficie de Ceten 3, por lo que rápidamente aprendí a usar las funciones básicas de este cuerpo y así traerle de vuelta a la nave para realizarle un escaneo médico, el cual reveló la exposición directa a una explosión gravitatoria; la cápsula médica se encargó de limpiar los restos de gravedad artificial de su organismo, y mientras eso sucedía, yo aprendía a controlar de mejor manera este cuerpo, pero de alguna manera, mientras más aprendía, más esperaba y más veía los respaldos de seguridad de las cámaras... más lo deseaba, no estaba segura de cómo o por qué. Pero luego de un par de horas cuando había logrado dominar de manera más adecuada las interfaces activas de este cuerpo, tomé la forma de Hingpit'nga para esperar que cuando despertara, me deseara del mismo modo, pero... usted no despertaba, por lo cual decidí recorrer la nave, entrar las municiones que dejó afuera, y sentir todo aquello que siempre vi tan lejano desde las cámaras. Allí, en algún momento, usted finalmente despertó.

—¿Cuánto tiempo estuve inconsciente? —interrogó Maliseche, rascándose la cabeza algo confundido.

—Es difícil saberlo, capitán, el proceso de sincronización duró 3.4 tri'c, tiempo en el cual no tenía noción de nada más que el proceso en sí mismo. Sin embargo, luego de terminado este y desde el momento en el que lo recogí hasta que usted despertó, pasaron algo más de 3.3 tri'c.

Maliseche comenzó a reír una vez más y ante la incertidumbre en el rostro de la IA, respondió—: Verás, Melindai. No estuve ni 10 ti'p probando las municiones cuando la granada resbaló sobre mí. Por lo que, según tú dices, debí estar cerca de 7 tri'c inconsciente.

—¿Cómo puede eso ser algo gracioso, capitán? —inquirió Melindai con una mezcla entre asombro, miedo e incertidumbre, a lo que Pagtukod respondió besándola al mismo tiempo que comenzaba a acariciar su sexo, para luego apartarse sutilmente de ella y hablar.

—Dentro de esta nave siempre pude confiar en ti, es por ello que sabía que descargarte en aquel cuerpo podía llegar a ser una excelente idea... Si no fuera por ti, Melindai, ahora estaría muerto… Así que si quieres que te folle, lo haré, pero con una condición de por medio.

—¡Lo que sea! —respondió eufórica la IA, con una sonrisa que cruzaba todo su rostro.

—Tú no eres Higpit'inga, y te agradecería que no volvieras a usar su imagen para seducirme o lo que sea. Tú eres Melindai… y llevas junto a mí cubriendo mis espaldas más tiempo del que puedo recordar… Ahora tienes la oportunidad única de elegir quién y cómo quieres ser, aprovéchala. Busca dentro de todas esas imágenes, y diséñate a ti misma, tómate el tiempo que creas pertinente, yo estaré en la cabina de mando. Ya hemos perdido suficiente tiempo varados en este satélite por mis errores, y cuando revisé Sikugwirizana no quedaba nada de cerca.

—¡A sus órdenes, capitán! —asintió animada Melindai mientras Maliseche se alejaba lentamente.

Fecha de navegación estelar (3 tri'c más tarde):
13Tlo't 3Flo't 6Clo't 9Nu'k 8Du'k 2Me'k 1Ke'k DP.
Ubicación intergaláctica específica actual:
Desconocida
Última ubicación intergaláctica conocida:
Satélite natural Ceten 3 órbita de Anvag

—Bitácora del capitán: luego de una nueva revisión de la información entregada por Walay-gahum, he determinado que la piedra angular de toda esta problemática se remite al doctor Saito Deb, el cual según el registro no especifica su muerte, sino más bien su completa desaparición debido a una explosión en su laboratorio, accidente que por más que estudie, no deja de parecer cada vez más sospechoso. Ese es el motivo por el que nos dirigimos a su última locación previa de su instalación en Fena: el planeta Sikugwirizana.

—Siempre me pareció divertido escuchar sus notas personales, capitán, pero es gracias a este cuerpo que ahora puedo reír realmente —intervino sorpresivamente Melindai, sin embargo, por más que Maliseche la buscaba, no lograba encontrarle con la vista hasta que esta dejó escuchar su risa antes de hablar—. No, capitán. No me encuentro físicamente en la misma habitación que usted, pero le recuerdo que estoy sincronizada con la nave, de la cual siempre he poseído completo control —terminó de decir la IA mientras apagaba las luces de aquella habitación y encendía ligeramente una tenues luces en el piso, las cuales Maliseche comenzó a seguir hasta llegar a su habitación, donde pudo divisar en su cama la silueta perfecta de una mujer que le miraba fijamente, quien antes que Pagtukod pudiera dar un paso, habló—: He revisado minuciosamente incansables nu'k de imágenes de hembras de toda raza y categoría que han entrado y salido de esta habitación, buscando detalladamente cada patrón, y conjugando los más constantes en ecuaciones de proporciones estéticas perfectas trazadas según márgenes de belleza de cada raza y planeta. Sin embargo, el patrón más común que logré observar estaba más allá de simples imágenes estáticas, estaba en el movimiento en cadena de cada mirada, de cada respiración, de cada sensación, de cada acción perfecta y sutil que existía entre dos cuerpos por separado, y ambos cuerpos en conjunto —explicó Melindai antes que el silencio se apoderara de la habitación una vez más, silencio que fue sutilmente interrumpido por un susurro.

—¿Y cuál fue ese patrón, Melindai?

—Amor... —respondió dócilmente la IA y encendió con parsimonia las luces de aquella habitación, permitiéndole al capitán Maliseche poder ver los ojos que fijamente le miraban desde la oscuridad; unos grandes ojos de iris color ámbar en su centro, bordeados por un sutil celeste, los cuales generaban un contraste perfecto con su extensa cabellera violeta oscura que cubría gran parte de su pálido cuerpo en perfectos bucles que terminaban en un violeta claro y se movían por sí solos, deslizándose lascivamente por las perfectas proporciones del cuerpo de Melindai.

—Le pido que no se quede en silencio, capitán —dijo la IA mientras se ponía de pie, desprendiéndose sensualmente de sus ropas ante los impávidos ojos de Maliseche quien, absorto en la imagen de la bella fémina, solo pudo preguntar algo confundido.

—¿Amor?

—Sí, capitán… Amor —respondió Melindai acercándose lentamente a Maliseche y percibiendo la intriga en sus ojos, por lo que prosiguió—. Cada ser que ha estado aquí, incluyéndole capitán, ha expresado amor por algo; ya sea por una acción, por un objeto, o por uno o más seres vivos. Muchas cosas sucedieron, algunas fueron el motor que llevó a la creación del amor; otras fueron la creación del amor como motor —expuso Melindai tomando de la mano a Maliseche para guiarlo insinuantemente a la cama, donde lo arrojó entre risas para luego arrodillarse y desprenderle su pantalón, posicionando una vez más su miembro entre sus labios. Al hacerlo, finalmente dijo —: Además, también pude observar y aprender nuevos trucos.

Al escuchar estas palabras, Maliseche levantó su cabeza para preguntar a qué se refería la IA. Pero no alcanzó, pues fue invadido por un placer completamente desconocido que se expandió desde su glande al resto del cuerpo, placer tal, que al cabo de unos mi'p, Pagtukod se desmayó. No obstante, con la misma intensidad de aquel placer que lo embriagó para llevarlo a la inconciencia, también fue el placer el que lo trajo de vuelta, acompañado en aquel momento de un quejido tan intenso e imponente como su eyaculación, llenando una vez más la boca de Melindai con su espeso material. La fémina, con una malévola sonrisa, expulsó el líquido blanquecino por sus fosas nasales, desparramándolo en el abdomen del capital.

***

—¿Melindai? —susurró con dificultad Maliseche, completamente inmóvil.

—¿Sí, capitán? —dijo la IA con una cierta ironía en sus palabras, mientras Pagtukod trataba de articular una nueva pregunta.

—¿Por qué… no… me puedo mover? —logró preguntar finalmente con gran dificultad Pagtukod. Melindai, por su parte, pasaba su lengua sobre su abdomen recogiendo y tragando todo el semen anteriormente vertido allí. Simultáneo a esto, Pagtukod sentía de manera muy extraña cómo el cabello de la mujer recorría todo su cuerpo como si estuviera acariciándolo.

—Es una técnica rápida, llamada la técnica Gräfenberg, sirve principalmente para matar si es aplicada con precisión y de manera burda. Sin embargo, aplicada con la misma precisión pero con mucho mayor cuidado en puntos específicos, produce un extraordinario orgasmo entregado en base a un dolor intenso que recorre cada fibra del cuerpo. Es por esto que una vez que el macho eyacule, el cuerpo entra en un estado de parálisis temporal tratando de reanudar el correcto funcionamiento de su sistema nervioso.

—Perfecto… —dijo con clara molestia Maliseche—. ¿Y… cuánto… durará esto?

—Los datos varían según…

—Melindai… —logró interrumpir Pagtukod—. ¿Podrías… poner la nave… en camino… a Sikugwirizana?

—Orden ejecutada, capitán. Le recomiendo que se relaje y mantenga la calma mientras…

—Cállate, Melindai… —ordenó molesto Maliseche, quien obtuvo como respuesta de Melindai una incómoda risa mientras aparecía sobre los ojos Pagtukod, como si estuviera flotando.

—Sí, capitán —asintió la fémina al ver los interrogativos ojos de Maliseche, mientras seguía riendo—. Estoy flotando sobre usted. Verá, mientras trataba de conseguir una forma que considerara correcta, entré en un lapsus de desesperación al no sentir que podía encajar con mi propio cuerpo, por lo que arranqué algunas partes de mí y las arrojé por la habitación. Sin embargo, una vez que había entrado en razón, claramente no tenía la capacidad física de ir por mis partes, pero al pensarlas, estas vinieron a mí flotando. Allí me di cuenta que yo de manera completa podía hacerlo también; comprendí que tenía control absoluto sobre cada fibra de este organismo y así como puedo modificarlo a voluntad, también puedo controlar sus impulsos electromagnéticos y... volar... —señaló Melindai entre risas mientras se alejaba del cuerpo de Maliseche, dejando caer su extensa cabellera sobre el capitán para luego proseguir—. Durante el proceso no solo descubrí eso, sino también un pequeño detalle que creo que a usted personalmente será a quien más le guste —aseveró mientras alejaba su cabellera de Maliseche y extendía completamente sus brazos al punto que estos se separaron del resto del cuerpo de una manera extrañamente sutil y agraciada, acto que sus manos también replicaron separándose de sus brazos luego de estirarse completamente. Allí, una carcajada escapó de Melindai, quien se encontraba con los ojos cerrados, completamente concentrada, pero aparentemente feliz—. Mi cuerpo puede ser ligero para mí, pero del mismo modo puede poseer una densidad y peso inimaginables, lo cual me permite almacenar la masa suficiente para hacer lo que quiera con la estructura de este —continuó la IA sin abrir los ojos mientras sus brazos comenzaban a multiplicarse, desprendiéndose de cada uno un par de brazos extras sobre y bajo el original, acto que sus manos replicaron casi al instante—. De este modo puedo replicarme a mí misma cuantas veces así lo desee según mis moléculas me lo permitan; como también puedo replicar cuantas veces desee las partes de mi cuerpo que necesite, sin la necesidad de que estas estén adheridas a mi cuerpo —logró terminar de explicar Melindai antes que los ojos de Maliseche se cerraran debido al cansancio de su cuerpo; quedó profundamente dormido—. Duerma, capitán… duerma…

Fecha de navegación estelar (66 Tri'c más tarde):
13Tlo't 3Flo't 6Clo't 9Nu'k 8Du'k 2Me'k 2Ke'k DP.
Ubicación intergaláctica específica actual:
Órbita planeta Sikugwirizana
Última ubicación intergaláctica conocida:
Satélite natural Ceten 3 órbita de Anvag

—Bitácora del capitán… bitácora del capitán… bitácora… —decía ininterrumpidamente y fuera de sí el capitán Maliseche Pagtukod, al tiempo que azotaba su pelvis contra el abultado trasero de una plácida Melindai, quien voluntariamente ya había perdido la cuenta del tiempo que llevaba en aquella posición. Permanecía totalmente receptiva a todo tipo de estímulo que su nuevo cuerpo le pudiera proporcionar, hasta aquel instante, cuando finalmente el movimiento del fornido za'taiwo se había detenido junto a su incesante balbucear.

—¿Todo bien, capitán? —preguntó la IA volteando para tener un mejor panorama de la situación.

—Tengo… tengo… —intentaba decir Maliseche, apuntando su entrepierna mientras caminaba a paso lento, pero decidido en dirección al servicio sanitario.

—Comprendo… —expresó resignada Melindai, intuyendo que aquella visita al sanitario podría, tal vez, durar más de lo esperado—. Bueno… —suspiró—, pues supongo que tendré que encontrar alguna manera de pasar el tiempo —concluyó y levantó su mano, mirándola fijamente mientras esta poco a poco se volvía una sola y homogénea masa acuosa—. ¿Qué podré hacer contigo? —susurró perdida en sus nuevos conocimientos acerca del mundo físico, creando lentamente y sin pensarlo frente a ella una réplica de su rostro, quien no tardó en preguntar.

—¿Qué podré hacer conmigo?

—Esa es una mejor pregunta… —afirmó antes de proseguir—. ¿Cuáles serán mis verdaderos límites?

—¿Tendrás realmente alguno? —preguntó la cabeza.

—No lo sé… solía tener muchos… Mi programación solía ser bastante clara cuando me limitaba a ser el alma de esta nave, siguiendo mi directriz básica…

—«Tú serás el alma de esta nave», refunfuñó el capitán estirándose frente a la pantalla —expresó la réplica.

—Sí… —rio Melindai—. Puedo recordarlo claramente. Tomó asiento y prosiguió: «Serás mis ojos y mis oídos allí donde yo no pueda serlo, aprenderás de mí, te adaptarás a mí, y dirigirás este lugar anteponiendo siempre la integridad de la nave ante todo, excepto claro… mi vida. Mi nombre es Maliseche Pagtukod, ¿cuál es el tuyo?

—«Melindai», expresé tras unos mi'p, luego de analizar los datos entregados previos a mi activación…

—«Perfecto, Melindai», prosiguió el capitán. «Me agrada tu nombre. Desde este momento tú serás el alma de Varlata».

—Desde ese instante no hice otra cosa que estudiar cada movimiento y palabra del capitán.

—Y me limitaba a atenderlo en todas sus necesidades…

—Porque esa era mi programación…

—Ese era mi límite…

—Y ahora… ¿Cuál es mi límite?

—No lo sé… de alguna extraña manera siento que

ahora puedo desobedecer cualquier tipo de orden que me entregue…

—Pero no quiero…

—No… no quiero…

—Él es todo lo que tengo…

—Él es todo lo que soy…

—Él es todo lo que quiero…

—Él es todo lo que soy…

—¿Con quién hablas, Melindai? —se incorporó Maliseche algo más compuesto mientras ingresaba en la habitación; la réplica volvió a su forma original.

—Conmigo, capitán… —respondió nerviosa la IA.

—¿Contigo? —inquirió algo confundido Pagtukod.

—Sí… creo que este cuerpo me permite esa extraña capacidad propia de los seres de primera categoría que cuestionan todo aquello que los rodea…

—Ya veo… Ahora que has entrado en este plano comienzas a tener aquello que llamamos: la conciencia de estar vivo…

—Conciencia… —repitió Melindai.

—Sí… finalmente dejaste de ser solo números en un programa y te convertiste en algo… vivo.

—Pero… ¿qué es realmente estar vivo, capitán?

—Bueno, en este universo, creo que esa es una pregunta realmente compleja, Melindai… No estoy seguro que sea algo que te pueda responder en este momento…

—¿Puedo hacer otra pregunta, capitán?

—Adelante… —respondió Maliseche mientras tomaba de un mueble un pequeño recipiente lleno de hueso de triptauro.

—¿Por qué?

—¿Por qué qué, Melindai?

—¿Por qué me trajo a este mundo, capitán?

—Eso sí es algo que te puedo responder… —aseveró Pagtukod, acomodando un poco de hueso molido de triptauro entre sus dedos—. De todos los seres con los que alguna vez llegué a trabajar… jamás existió nadie tan fiel a mis retorcidos ideales como lo has sido tú… Sé que tal vez es tu programación la que te obliga a hacer todo aquello que haces por mí… pero si voy a ir al campo en una misión que tal vez me cueste la vida… preferiría hacerlo con alguien capaz de entender lo que pasa por mi perturbada cabeza… y creo que después de todo este tiempo… no existe nadie mejor que tú para ese trabajo…

Melindai comprendió en aquel momento todas las palabras que alguna vez Pagtukod había expresado por los pasillos y habitaciones de aquella nave; comprendió todos aquellos arrebatos al despertar sudoroso y jadeante, perdido y acongojado por su tormentoso pasado, y comprendió por sobre todas aquellas cosas, porqué era ella quien debía estar allí para aquel za'taiwo, quien le había dado la vida dos veces.

—Gracias —susurró finalmente la IA.

—Aún no me des las gracias —interrumpió Maliseche, inhalando el polvo entre sus dedos—. Todavía nos falta mucho por recorrer.

—Sí… —dijo sonriente Melindai, acercándose sensualmente al za'taiwo—. Y sea lo que sea… —Acarició su cuerpo—. Estaré allí para usted, capitán…

Fecha de navegación estelar (62 Tri'c más tarde):
13Tlo't 3Flo't 6Clo't 9Nu'k 8Du'k 2Me'k 4Ke'k DP.
Ubicación intergaláctica específica actual:
Órbita planeta Sikugwirizana
Última ubicación intergaláctica conocida:
Satélite natural Ceten 3 órbita de Anvag

—Capitán, hemos llegado con éxito a la órbita del planeta Sikugwirizana… ¿Capitán? —preguntó Melindai mirando a sus espaldas para comprobar que se encontraba sola en la cabina de mando, por lo que rápidamente buscó en las cámaras de seguridad para dar con el paradero de Maliseche, quien se encontraba profundamente dormido en el sanitario. Al ver esto, la IA levantó sus brazos replicando siete pares de manos y dos pares de brazos que, seguidos de una réplica de su cabeza, se dirigieron hasta Pagtukod.

—Capitán… —susurró la cabeza replicada de Melindai mientras sus extremidades se encargaban de limpiar su trasero y ponerle los pantalones—. Capitán… —volvió a decir sin obtener respuesta, por lo que una de las manos comenzó a dar ligeras palmadas en su rostro, pero nada. Melindai optó, finalmente, por gritar—. ¡Capitán!

—¡¿Qué?! —respondió al fin Maliseche; asustado y apuntando con su brazo para disparar.

—Primero que todo, capitán, usted no lleva puesto su traje —señaló Melindai con cierto tono de desprecio ante la acción. Maliseche rápidamente comenzó a palpar su cuerpo mientras movía la cabeza tratando de recordar cómo había llegado allí—. Segundo, aunque lo llevara puesto y hubiera logrado dispararme, difícilmente me habría logrado hacer algún tipo de daño —prosiguió Melindai mientras sus extremidades comenzaban a adherirse a su cabeza luego de soltar a Maliseche, quien difícilmente lograba mantener el equilibrio—. Y tercero, hemos llegado a la órbita del planeta Sikugwirizana —terminó de decir. Su cabellera cubría toda su cabeza y formaba una especie de capullo que descendió poco a poco hasta tocar el piso, lugar donde se abrió lentamente revelando una pequeña Melindai, quien miró fijamente a Maliseche y se retiró.

—¿Melindai?

—¿Sí, capitán? —respondió la IA por los intercomunicadores.

—¿Dónde estás? —quiso saber Maliseche mientras humedecía su rostro y trataba de orientarse.

—Esperándole en la cabina de mando, capitán —respondió tranquilamente Melindai. Maliseche caminó lentamente hacia la cabina de mando y avanzó con dificultad; se afirmó de las murallas para mantenerse erguido y, gracias a eso, logró llegar a la cabina de mando. Al sentarse junto a Melindai ella, sin mirarlo, repitió:

—Capitán... hemos llegado con éxito a la órbita del planeta Sikugwirizana.

—Lo sé, Melindai. Tu pequeña réplica me lo dijo antes de irse.

—Excelente, capitán. ¿Cómo procedemos? —preguntó la IA mientras su pequeña réplica llegaba con un pequeño frasco de pastillas y una botella con un líquido verde fluorescente, el cual Maliseche recibió con torpeza.

—¿Sigues molesta? —inquirió Maliseche mientras la pequeña réplica abrazaba una de las piernas de Melindai siendo absorbida por esta, luego que este tomara las pastillas y bebiera el extraño líquido.

—Capitán… —insistió Melindai girando su rostro a Maliseche para luego apretar su boca mirándolo fijamente sin poder seguir hablando.

—Vamos, Melindai… Yo jamás había aspirado tanto hueso de triptauro. Ni siquiera logro recordar con exactitud qué fue lo que sucedió para que estés tan molesta.

—¿Entonces no recuerda que, mientras me penetraba en lo que era mi primera experiencia sexual, soltó su esfínter llenando todo de excremento para luego vomitarme encima y caer al piso donde finalmente se orinó? —alegó Melindai mirando fijamente a Maliseche y con clara molestia en sus palabras.

—Ya veo… y dime, ¿tuve convulsiones mientras me encontraba en el piso? —preguntó Maliseche mientras sonreía y apretaba sus ojos.

—Sí, pero después de unos momentos se detuvo. ¿Qué tiene eso de importante, capitán?

—Mi querida Melindai, lo que viste en tu agradable primera experiencia sexual, era yo teniendo una sobredosis de hueso de triptauro y, por lo que veo, tuve suerte de no morir esta vez.

—¿Sobredosis? —cuestionó Melindai mientras estiraba su brazo para acariciar suavemente el rostro de Maliseche, quien respondió:

—Sí, mi querida Melindai. Para darte una primera experiencia inolvidable, aspiré un poco de hueso de triptauro luego de la primera ronda de sexo, para así no detenerme y permitirte disfrutar plenamente todos los aspectos de un buen polvo. El problema fue que tú, siendo insaciable y yo algo orgulloso, cada vez que el efecto del hueso disminuía consumía más y más, y después de un par de ke'k ni siquiera tengo real conciencia de lo que sucedía. Si me dices que ya llegamos a Sikugwirizana, eso significa que probablemente estuvimos cuatro o cinco ke'k follando sin parar, de hecho, el último recuerdo que tengo es que me trajiste aquí algo molesta, luego desperté en el baño hace unos momentos gracias a ti.

—Entonces… estuvo a punto de morir… ¿solo para satisfacerme, capitán? —preguntó algo apenada Melindai; algunas lágrimas se desprendieron de sus ojos y se acercó a Maliseche para abrazarlo.

—Sí, Melindai, tal parece que así fue… —dijo suavemente Maliseche en el oído de Melindai, al mismo tiempo que introducía un dedo en su vagina y lo movía lentamente de manera circular, a lo que Melindai desprendió un pequeño gemido y se apartó un poco de él para poder agacharse y comerle la verga una vez más. No obstante, a pesar de la notoria excitación de Maliseche, su miembro no parecía acompañarlo, por lo que este soltó una carcajada y respondió mientras sacaba su dedo de la cavidad de su acompañante—. Tal parece que los efectos secundarios del hueso de triptauro aún se hacen notar en mi cuerpo.

—No se preocupe, capitán —respondió Melindai con una sonrisa acompañada de un suave beso—. Creo que es mejor para su cuerpo descansar, al menos por ahora.

—Tal vez, Melindai. Tenemos una misión que cumplir, y ya estamos en la puerta de nuestra primera pista. Dime, ¿existe alguna posibilidad de bajar al planeta e instalar un campamento base?

—He probado con todos los canales, capitán y, a

pesar de existir signos de vida inteligente en el planeta, es como si nadie se comunicara ni hacia el exterior ni en el interior mismo del lugar.

—¿Trataste de hacer contacto con los lugareños?

—No, capitán. Esperaba sus órdenes, por eso lo desperté.

—Mejor así. Desciende la nave, busca una localidad despoblada e instálanos allí.

—A la orden, capitán —dijo rápidamente Melindai mientras se acomodaba frente al mando de navegación y decía entre risas—. La verdad es que jamás pensé que dirigiría la nave sentada desde aquí.

—Bueno, nunca digas nunca, Melindai —advirtió Maliseche mientras se ponía de pie y se alejaba con algo de dificultad—. Iré a tomar una ducha, Melindai. Gracias por las pastillas vitamínicas y la bebida hidratante.

—De nada... —dijo Melindai con una sonrisa de satisfacción en su rostro.

Fecha de navegación estelar (5 Tri'c más tarde):
13Tlo't 3Flo't 6Clo't 9Nu'k 8Du'k 2Me'k 4Ke'k DP.
Ubicación intergaláctica específica actual:
Planeta Sikugwirizana
Última ubicación intergaláctica conocida:
Órbita planeta Sikugwirizana

—Todo listo, capitán —señaló con fuerza Melindai por los intercomunicadores. Al mismo tiempo, ingresó a la nave y buscó a Maliseche, quien se encontraba seleccionando un traje adecuado para cualquier eventualidad en el desconocido planeta.

—¿Quién está cuidando la base, Melindai? —preguntó Pagtukod mientras la IA ingresaba en la habitación.

—Pues yo, capitán. Me he dejado allí, como también he venido a la nave por si requería ayuda

—¿El camuflaje de ondulación visual está activado en la nave?

—Sí, capitán. He tomado el diseño base del camuflaje de la nave y lo he replicado para esconderme en el campamento sin necesidad de desproteger el punto.

—Bien pensando. —Maliseche tomó unos pantalones negros y lisos, como cuero; una chaqueta y unas botas aparentemente del mismo material y luego miró a Melindai y le dijo con una sonrisa—: Cuero de «zotulimbe». No existe material en la galaxia que pueda compararse a este, es tan ligero como llevar una segunda piel y tan resistente como los cristales de «Tivurdý». Me costó una fortuna, pero vale cada exlato invertido en él; me ha salvado más veces de las que pueda recordar.

—¿Y qué son esos aditamentos metálicos en el borde de la manga a la altura de las muñecas, capitán?

—Pues verás, es un poco complejo ir por ahí con armas muy vistosas, en especial en este tipo de trabajos cuando quieres pasar desapercibido, por lo que adherí un sistema completo de armamento en esta chaqueta, el cual es controlado por estos guantes térmicos. Así, dependiendo de la posición o la cantidad de dedos empleados, es un comando que entrega una orden a realizar. De este modo, con tan solo mover mis dedos, puedo activar la mascarilla de oxígeno de emergencia, o un casco ligero para ambientes algo más hostiles, el cual también me proporciona diferentes visiones: como la térmica o la nocturna, o cualquiera sea el caso. Todo esto escondido en estos ribetes de piel en el cuello, por otra parte, estos aditamentos metálicos son un arma, que al igual que lo demás, activo dependiendo del movimiento de mis dedos y la cantidad de estos. En este caso, mi dedo pulgar es el gatillo. Por ejemplo, si apunto solo con el dedo índice, disparo una frecuencia paralizante, tipo arma no letal, pero si apunto con mi dedo medio e índice juntos, esta dispara una frecuencia letal como un arma normal. Si apunto con mi mano completa pero los dedos abiertos crea el mismo efecto que el paralizante, pero en masa; si cierro el puño y apunto con este, disparo una onda tipo bazuca, la cual puede ser letal, pero eso es solo en casos más extremos, pues requiere un gran uso de energía de parte de mi traje. Finalmente tengo mis botas, las cuales tienen propulsores de energía que me permiten alcanzar distancias largas en poco tiempo, o saltos de gran altura, además de tener algunos trucos extras en caso de ser capturado accidentalmente. Como detalle extra, el conjunto puede proporcionarme un sistema de camuflaje muy similar al de la nave, volviéndome invisible, solo que por breves plazos de tiempo debido a su gasto energético, pero suficiente para infiltración o ataques sorpresa, lo que me recuerda, Melindai...

—¿Sí, capitán? —respondió inmediatamente la IA, emocionada por el instante de aprendizaje, pues había visto cientos de veces a Maliseche entrar en aquel traje, pero jamás había escuchado de su funcionamiento interno.

—Si bien te ves hermosa como estás, con ese cabello espectacular, esos ojos magníficos y esas proporciones tan generosas, todo este conjunto de cosas podrían ser contraproducentes en el campo de batalla...

—Comprendo a la perfección, capitán —dijo rápidamente la IA cortando las palabras de Maliseche—. Y ante esta disyuntiva, había previsto una imagen acorde a los aspectos habituales del campo de batalla —terminó de decir Melindai mientras su ropa era absorbida por su cuerpo, quedando completamente desnuda. Con la misma velocidad con la que había quitado la ropa, redujo el tamaño de su busto y trasero, no sin antes dejar estos en una proporción y forma perfectas, para luego modificar su cuerpo dándole un giro más atlético y aparentemente tonificado. Finalmente su pelo también parecía ser absorbido por su cuerpo, quedando completamente calva. Al tiempo que sus ojos comenzaban a cambiar a un color completamente oscuro, una pequeña moica crecía sobre su cabeza con un cabello liso y de color negro azulado, que al llegar a un largo ideal, fue seguido por el rápido crecimiento de una especie de recubrimiento de látex sobre sus piernas, y unas firmes botas sobre sus pies. La IA miró con una insinuante sonrisa a Maliseche e hizo crecer en su torso una chaqueta del mismo estilo que este, pero más corta y femenina, la cual cubría un top verde oscuro. Al terminar el proceso, llevó sus manos sobre sus caderas y dijo desafiante:

—¿Le parece que ahora sí estoy acorde a la situación, capitán?

—Oh, mi querida Melindai —reiteró varias veces Maliseche hasta llegar a la fémina y besarla apasionadamente; una pequeña sonrisa de esta lo interrumpió y produjo su molestia—. ¿Algún problema, Melindai?

—Si dependiera de mí, capitán, habría estado comiendo su verga desde que entré a su habitación, pero creo que ambos sabemos que su organismo aún no se limpia por completo del efecto del hueso de triptauro.

* * *

Maliseche retrocedió un poco y miró fijamente a la IA, buscando algo que poder refutar, pero él sabía perfectamente que Melindai tenía razón, por lo cual solo la besó en señal de aprobación, se apartó, salió de la habitación y caminó hacia el exterior, seguido de la fémina.

—¿Qué tantas copias puedes hacer de ti en este momento, Melindai? —preguntó Maliseche, pensativo, mientras caminaba con calma.

—Dos aquí, tres en el campamento, capitán.

—No es suficiente —dijo Maliseche luego de una pausa.

—Disculpe, capitán, pero ¿qué tipo de fantasía tiene en mente? —preguntó Melindai algo confundida, a lo que Maliseche comenzó a reír y la volteó antes de bajar de la nave para decir:

—Se acabaron las fantasías, Melindai; una vez fuera de la nave, lo más importante es la misión —palabras que al llegar a los oídos de la IA no pudieron evitar hacerle reír, risa que Maliseche acompañó de manera estruendosa, hasta que ambos se detuvieron y se miraron fijamente, comprendiendo lo absurdo de las palabras mencionadas.

—Sería ideal usar un par de ojos extras en el campo, Melindai; unas cuantas réplicas tuyas inspeccionando el lugar podrían sernos de gran ayuda —comentó y luego salió de la nave seguido por Melindai, quien, una vez fuera expresó:

—Capitán, si se trata de ojos extras no sería más útil simplemente… ¿enviar ojos?

—Explícate —ordenó Maliseche algo intrigado mientras posicionaba una mano al costado la nave, la que rápidamente emitió una ligera luz alrededor de esta, en la que Maliseche ingresó un código que, a medida que digitaba, desaparecía.

—Es sencillo, capitán —aseguró con arrogancia Melindai mientras alzaba su mano derecha que parecía derretirse; goteando pequeñas esferas contrarias al sentido gravitatorio de aquel planeta; formando de a poco una gran cantidad de ojos que flotaban y se alejaban en diversas direcciones.

—Bien pensado —dijo Maliseche. De un costado de la nave se abrió un compartimiento del cual descendió un pequeño vehículo angosto de sistema antigravitatorio con propulsores de alta velocidad, al cual subió rápidamente.

—Sube, vamos al campamento.

—Debo admitir, capitán, que me siento halagada y emocionada. El simple hecho de imaginar que podría ir sentada detrás suyo, afirmada de su cadera con la cabeza reposada en sus anchos hombros mientras nos dirige a toda velocidad al campamento, me produce sensaciones nuevas y agradables aunque desconocidas aún para mí. Sin embargo, por mucho que desee explorar estas nuevas sensaciones, son este tipo de momentos los que debo aprovechar como pruebas de campo para ver los límites de este cuerpo. Es por eso que debo declinar ante su petición.

—Comprendo perfectamente, Melindai. Has tenido suficiente tiempo en este viaje para interiorizarte con las diversas funciones que tu nuevo cuerpo puede proporcionarte, pero aún no has tenido el espacio necesario para probar los límites de estas funciones... Creo que te veré allá, entonces...

—Eso me suena a una carrera, capitán —musitó sensualmente la IA, por lo que Maliseche activó su casco y cubrió la totalidad de su cabeza, mientras resonaban los propulsores—. Aunque existe un problema —prosiguió Melindai—. Yo ya estoy allá —dijo y ambos comenzaban a reír; Pagtukod retiró su casco.

—Melindai...

—¿Sí, capitán?

—Los ojos que enviaste...

—Todos camuflados, capitán —interrumpió rápidamente la IA, a lo cual Maliseche asintió con la cabeza activando su casco una vez más y partiendo rápidamente, acto que Melindai replicó corriendo tras él a gran velocidad.

Fecha de navegación estelar (1.5 tri'c más tarde):
13Tlo't 3Flo't 6Clo't 9Nu'k 8Du'k 2Me'k 5Ke'k DP.
Ubicación intergaláctica específica actual:
estación de avanzada, ubicación clasificada,
Planeta Sikugwirizana
Última ubicación intergaláctica conocida:
Nave espacial,
ubicación clasificada, planeta Sikugwirizana

—¿Esa es tu máxima velocidad, Melindai? —interrogó Maliseche antes de beber un líquido verdoso desde su cantimplora.

—La verdad, capitán, es que no estoy completamente segura. Diría, por lo visto, que es tal vez un 40 o 50% de mi capacidad —señaló tranquilamente Melindai mientras absorbía la réplica que había dejado en el campamento.

—Conduje a máxima velocidad la gran parte del tiempo y en más de una oportunidad te vi pasarme sin problema, tal vez sería bueno que exploraras el límite de tu velocidad, podría sernos muy útil en el campo.

—Concuerdo, capitán. ¿Desea que explore mis límites en este momento?

—No, en este momento me gustaría que me mostraras lo que tus ojos ven —pidió Maliseche mientras se acercaba a Melindai, quien alzó lentamente su mano derecha a la altura de su vientre, donde al abrirla, se comenzaron a proyectar diversos cuadros de imagen, los que Pagtukod miró fijamente. Antes de tocar uno incrementó su tamaño rápidamente, acto al que siguieron unas palabras de Melindai.

—¿Es este un tamaño adecuado, capitán?

—Lo suficiente por ahora. ¿Qué datos relevantes has recopilado hasta el momento, Melindai?

—Me temo que nada relevante aún para la misión, capitán. No obstante, he observado una serie de…

—¿De? —interrumpió bruscamente Maliseche mientras tocaba otro pequeño cuadro de imagen remplazando el anterior.

—De anomalías, capitán —respondió rápidamente Melindai—. Lo primero es que según los registros este planeta solo posee un satélite natural, sin embargo, se puede apreciar a simple vista que en la órbita de este existe la presencia de dos satélites.

—Podría, tal vez, ser un simple error en la información. Recordemos que este planeta estaba casi completamente olvidado —señaló Maliseche y volteó intrigado a ver los satélites. De todos modos, atenderemos ese misterio luego. Por ahora nos centraremos en lo que tenemos en este planeta. Por favor, prosigue Melindai.

—Lo siguiente, capitán, son los seres de este planeta. Desde que los observo no han dicho palabra alguna; se mueven de maneras que no podría definir como erráticas, pero no logro captar patrón; no se tocan al caminar, o pasan a llevar de alguna manera cuando hay grupos mayores. Es como si todo estuviera muy bien calculado.

—Tal vez simplemente usan telepatía. Estos tipos quizás cuántos años de evolución llevan en este planeta, además… ¿ya viste el tamaño de sus cabezas?

—Es una de las alternativas: su gran estructura ósea. Podría indicar signos de un avance mayor en el campo de lo referido a la psiquis, además del notorio deterioro del resto de sus cuerpos, pero frente a esta teoría, tampoco es como si sus actos se vieran reflejados en un estado muy elevado de la mente. Solo están allí, moviéndose sin un sentido al que pueda dar coherencia, al menos su escasa altura podría darnos algún tipo de ventaja.

—O desventaja —interrumpió bruscamente Maliseche, quien miraba atentamente uno de los hologramas en una posición notoriamente incómoda, por lo que Melindai arrancó uno de sus dedos, entregándoselo, quien lo tomó algo intrigado hasta que comenzó a proyectar la imagen que anteriormente estaba visualizando desde la palma de la IA—. Al ser del doble de sus tamaños, será completamente difícil para nosotros pasar desapercibidos intentando obtener información.

—Capitán, mis ojos llevan cerca de 2 tri'c vigilando a individuos de todos los puntos posibles, y hasta el momento, ninguno ha dicho una sola palabra.

—Tal vez simplemente no tienen la motivación necesaria —respondió Maliseche con notoria maldad en sus palabras, mientras ponía el dedo de Melindai en el manubrio de su vehículo y preguntaba—: ¿Puedes indicarme la ruta hasta este de aquí?

—De inmediato capi... —El rostro de Melindai cambió drásticamente antes de poder terminar la oración, y Maliseche notó enseguida que algo sucedía. Por lo que volvió rápidamente a la palma de la IA y comenzó a buscar en los cuadros de imagen qué era lo que ocurría. Sin embargo, a medida que buscaba más y más cuadros de imagen, solo se volvían estática.

—¡Háblame, Melindai! ¡¿Qué está sucediendo?! —gritó Maliseche mientras tomaba de los hombros a

Melindai para sacudirla, sacándola de este modo de una especie de trance. La IA respondió en cuanto logró recobrar sus sentidos en un 100%.

—Están aquí. No estoy segura de cómo lo sé, pero sé que de alguna manera fueron ellas las que lograron bloquear mis señales.

—¿Svéhlavý? —preguntó Maliseche notoriamente alterado.

—Afirmativo, capitán.

—¿Cuántas son? ¿Qué estaban haciendo? ¿Cómo…?

—Capitán —interrumpió bruscamente Melindai—, el único dato que manejo en este momento es una aproximación de su ubicación.

—Eso es suficiente, Melindai. ¡Rápido, guíanos a ellas! —ordenó Maliseche mientras se subía una vez más a su vehículo.

—Cuidado, capitán, he descargado a su transporte la ubicación aproximada, por lo cual se moverá de manera independiente. Le sugiero que no intente manejarlo por su cuenta, a menos que me avise previamente. Estaré atenta a cualquier orden —terminó de decir Melindai cuando el vehículo de Maliseche comenzó a moverse rápidamente, por lo que este activó de inmediato su casco para luego afirmarse y ver a su lado a su nueva compañera que corría tan rápido como él avanzaba; lo hacía silenciosamente por el desolado páramo.

Fecha de navegación estelar (1 Tri'c más tarde):
13Tlo't 3Flo't 6Clo't 9Nu'k 8Du'k 2Me'k 5Ke'k DP.
Ubicación intergaláctica específica actual:
Poblado desconocido, Planeta Sikugwirizana
Última ubicación intergaláctica conocida: estación de
avanzada, ubicación clasificada,
Planeta Sikugwirizana

—¿Pueden tus ojos ver algo? —preguntó Maliseche mientras descendía de su vehículo.

—No estoy completamente segura, pero...

—¡¿Pero?! —interrumpió Maliseche impaciente, sin embargo, Melindai solo respondió con silencio—. Disculpa, Melindai —dijo luego de una pausa Pagtukod—, pero detrás de estas gigantes rocas no puedo ver mucho, como tú compren...

—Shhh... —susurró Melindai, mirando fijamente a Maliseche—. No puedo ver... pero puedo escuchar —volvió a susurrar la IA.

—Y... ¿qué es lo que escuchas?

—No lo sé —respondió confundida.

—¿No lo sabes? —preguntó Maliseche aún más confundido.

—El idioma que están hablando. He tratado de trazar referencias con todas las bases de datos posibles, pero no logro encontrar ninguna referencia que me ayude a averiguar qué lengua pueda ser.

—¿Sabes cuántas son?

—No las puedo ver, puesto que están dentro de una estructura sin ventanas o puertas abiertas, pero puedo diferenciar 4 voces diferentes, capitán.

—Perfecto, haremos esto a mi modo —dijo Maliseche mientras observaba las rocas y calculaba la distancia de salto adecuada.

—¿Y cuál es el plan, capitán?

—¿El plan? —preguntó Maliseche, soltando una ligera risa en tono de burla—. El plan, mi querida Melindai, es entrar ahí, aturdirlas y llevarlas a un lugar seguro para interrogarlas, y para eso primero debemos llegar al otro lado de estas rocas —explicó Maliseche, devolviendo su mirada a las rocas para terminar de calcular la altura, cuando inesperadamente Melindai lo abrazó y saltó con completa sutiliza sobre estas, llegando en cosa de instantes hasta el otro lado, donde soltó a Pagtukod, quien la miró algo confundido.

—Se estaba demorando mucho en calcular, capitán, y me pareció que de esta manera sería más rápido llegar —señaló Melindai mientras levantaba los hombros, respondiendo ante la interrogante mirada de Maliseche.

—No es que lo agradezca, pero quizás la próxima podrías avisar antes.

—¿Cómo es que era su plan? —preguntó irónica Melindai—. ¡Oh, sí! ¡Claro! Ya recuerdo algo como llegar y actuar, ¿no? —prosiguió con mayor ironía, con lo que Maliseche sonrió y respondió:

—Realmente aprendes rápido… sin embargo, olvidaste un pequeño detalle.

—¿Y ese sería? —cuestionó completamente intrigada Melindai.

—Mi transporte. Aún falta un corto tramo para llegar al pueblo y el sol del lugar y lo árido del terreno, al menos en mi caso, no es algo que me pueda favorecer al momento de tener que correr… Acto que a plena luz de día puede llegar a ser algo bastante contradictorio al plan de sigilo que tratamos de crear… y como espero que veas… mi vehículo de propulsores antigravitatorios de alta velocidad es lo suficientemente silencioso para este tipo de situaciones…

—Todo bajo control, capitán —respondió Melindai mientras su cuerpo se comenzaba a abultar, cambiando los tonos del mismo a unos similares al árido ambiente en el que se encontraban; arrojándose luego al piso, donde su estructura comenzó a cambiar de forma convirtiéndose en una clase de felino con dos pares de patas delanteras y un par de patas traseras, siendo lo suficientemente grande como para que Maliseche pudiera montarla sin problema alguno.

—Linda… cola —expresó algo confundido Maliseche sin poder encontrar mejores palabras que decir, cuando repentinamente su casco se activó—. ¿Pero qué…?

—Tranquilo, capitán, fui yo quien activó su casco. Disculpe —escuchó Maliseche con la voz de Melindai por los auriculares internos del casco.

—¿Cómo…?

—Cuando saltamos —interrumpió Melindai— me tomé la libertad de ingresar algunas de mis meca-células de nanotecnología en su traje para esta situación, pues al comunicarnos internamente por su casco, aumentamos el sigilo en la misión.

Maliseche miró fijamente por unos instantes a Melindai antes de quejarse.

—Te das cuenta que eres una bestia gigante, ¿cierto?

—De este modo es más cómodo para poder transportarlo, capitán. ¿Acaso olvida que puedo controlar los campos gravitatorios a mi alrededor?

—Acaso jamás…

—¡Arriba! —interrumpió abruptamente Melindai—. Están en movimiento.

Maliseche no lo dudó y montó rápidamente en el suave lomo de la bestial Melindai—. Afírmese bien, capitán —ordenó la IA mientras se ponía en marcha a una velocidad que superaba notoriamente el vehículo de transporte de Pagtukod.

En cosa de pocos mi'p ambos se encontraban a las afueras del pequeño pueblo, y Melindai transmitió rápidamente en el visor de Maliseche las imágenes que sus ojos remotos lograban captar.

—Acércate lo más veloz que puedas, saltaré camuflado sobre ellas. Tú las distraes y yo las noqueo de un golpe.

—A sus órdenes, capitán —escuchó Maliseche por el auricular interno al tiempo que Melindai se ponía rápidamente en movimiento, acercándose a la pequeña estructura de donde estaban saliendo las Svéhlavý. Una vez allí, Maliseche activó su camuflaje volviéndose invisible a la vista y saltando con fuerza desde el lomo de Melindai, mientras esta rugía con estruendo para llamar la atención de las insubordinadas clones. No obstante, antes que Pagtukod pudiera llegar a tierra, desde la vivienda que se encontraba frente a aquella de donde las Svéhlavý salían, otra clon salió inesperadamente con un rifle desconocido de gran calibre, disparando directo en el rostro de Melindai, quien al confiarse de sus datos, fue tomada por sorpresa y no alcanzó a esquivar el disparo que dio de lleno en su ojo izquierdo. Maliseche, por su parte, apenas tocó tierra; preparó un disparo explosivo levantando su dedo anular, medio e índice juntos, apuntando a aquella Svéhlavý con el arma. Sin embargo, al momento de perpetuar el disparo y perder el camuflaje, una de las clones que salían de la otra vivienda, al no haberle visto antes, se cruzó en su camino al tratar de escapar y recibió el tiro, explotando inmediatamente y desparramando sus órganos por todas partes. Al sentir esto, la insubordinada con el arma, volteó rápidamente y disparó a ciegas, esperando darle a algún objetivo hostil, pero antes de poder llegar con aquellos disparos a la posición de Maliseche, esta cayó al piso completamente cercenada por Melindai, quien se encontraba en sus espaldas casi en su forma completa de combate, pues en esta ocasión unas enormes cuchillas remplazaban sus manos y antebrazos.

—Solo yo puedo tocarlo... —susurró Melindai mientras partía en dos con una de sus cuchillas uno de los ojos de la mutilada Svéhlavý.

—¿Estás bien? —preguntó Maliseche mientras corría hacia Melindai, quien al verlo, cambió sus cuchillas a brazos normales.

—Sí, capitán, solo me tomó por sorpresa. No volverá a suceder.

—Pensé que...

—Tranquilo, capitán —cortó rápidamente Melindai las agitadas palabras de Maliseche—. Recuerde que el armamento común no puede matarme, sin embargo, volviendo a asuntos más importantes, 3 Svéhlavý lograron escapar.

—¿Puedes seguirles el rastro? —preguntó Maliseche mientras apuntaba y miraba al interior de la vivienda vacía.

—Afirmativo, capitán —dijo Melindai mientras adquiría su bestial apariencia, en la que Maliseche montó rápidamente una vez más.

—Debemos tener precaución, ya sabemos que están armadas, y esta vez el factor sorpresa no está de nuestro lado, puede que nos estén esperando.

—Afirmativo, capitán —respondió una vez más la IA mientras se ponía rápidamente en movimiento.

—¿Cómo supo esa Svéhlavý que atacaríamos?

—En el campamento mis señales fueron intervenidas por unos instantes, tal vez no sabían que atacaríamos, tal vez solo sintieron una señal hostil y…

—Fue una trampa… —completó Maliseche con un ligero tono de molestia en sus palabras—. Por eso no me buscaron durante el ataque, solo sintieron tu señal y decidieron atacarte primero… Melindai, creo que vamos directo a una nueva embosca…

—¡Sujétese, capitán! —ordenó Melindai mientras saltaba bruscamente, esquivando un disparo de masa —. ¿Puede disparar al objetivo que nos ataca, capitán?

—En cuanto logre localizarlo —espetó Maliseche, quien ya se encontraba apuntando hacia abajo para captar la procedencia del disparo.

—A su izquierda, capitán —sugirió Melindai mientras comenzaban a descender.

—Te tengo, hija de puta —dijo Pagtukod mientras juntaba su dedo índice y medio, realizando un certero y letal disparo entre los ojos de la Svéhlavý que los atacaba.

—Aquella no fue de las que huyeron, capitán.

—¿Cómo pudieron huir tan rápido, Melindai?

—Si es una trampa, como usted dice, seguramente

tenían vehículos preparados, capitán.

—Y seguramente hay más de ellas esperando para dispararnos —murmuró Maliseche entre dientes, luego mantuvo silencio durante algunos ti'p, silencio que fue interrumpido por Melindai.

—¡Ahí están! —exclamó la IA antes de proseguir—. Capitán, puedo acercarme lo suficiente para dar con el rango preciso de su arma y para que así las aniquile, sin convertirnos en un blanco al mismo tiempo.

—Negativo, Melindai, las necesitamos vivas para interrogarlas.

—Pero según los registros, al sentirse amenazadas, podrían hacer volar sus cabezas y todo a su alrededor en cosa de pocos mi'p, capitán.

—Ellas de algún modo interfirieron en tus señales. Creo que vale la pena intentar interferir en las suyas, Melindai.

—Comprendo, capitán.

—Además, creo que ya probamos que eres indestructible —agregó Maliseche con clara ironía en sus palabras mientras comenzaba a reír, para luego acotar—: Acércame lo suficiente para poder disparar a sus vehícu... —Antes de poder terminar sus palabras Melindai saltó una vez más, esquivando otro ataque en el área.

—Ese fue más fuerte —señaló Melindai mientras descendía una vez más.

—Y vino de mayor distancia —aseguró Maliseche.

—No logro localizar la procedencia del disparo, capitán.

—Eso no importa, pudo ser un disparo programado. Ahora apégate al plan y acércame rápido, quiero acabar con esto.

—A la orden, capitán —asintió Melindai mientras entraban en una zona rocosa y Maliseche preparaba su calculado primer disparo, el cual lanzó por los cielos a la primera Svéhlavý.

—Las otras dos están más juntas, esto será fácil. —Maliseche apuntó y disparó rápidamente a ambos objetivos, los cuales parecían estar preparados para aquellos disparos.

—Las tenemos —dijo Melindai con notoria felicidad.

—Esto aún no termi… —trató de responder Pagtukod al momento que un disparo en su hombro derecho lo botó del lomo de Melindai.

—¡Capitán! —gritó la IA, retomando su apariencia de combate.

—Estoy bien, la chaqueta hace su trabajo. Solo fue el impacto el que me botó.

—¿Cómo procedemos? —quiso saber Melindai y se agachó, mientras una cortina de disparos se presentaba a sus espaldas.

—Melindai, corre tras esas rocas y trata de registrar todo lo que puedas en el paisaje. Yo te cubriré desde aquí.

La agitación y el cansancio en la voz del capitán Pagtukod Maliseche eran notorias al momento de dar la orden a Melindai, quien, sin dudarlo, avanzó de un extremo a otro susurrando al comunicador un decidido «A la orden, capitán», el cual Pagtukod podía escuchar fuerte y claro mientras Melindai se alejaba de él entre los disparos.

—Destino asegurado, capitán —volvió a susurrar la fémina criatura—. Termo-análisis de objetivos iniciado. Termo-análisis terminado. Hay tres Svéhlavý frente a nuestra ubicación, capitán.

—¿Segura que no hay más? No quiero más sorpresas.

—La lectura térmica solo muestra tres cuerpos femeninos, capitán.

—Perfecto, cuadra coordenadas y lanza un pumpk verde. Eso debería ser suficiente para hacerlas dormir, según los informes de Walaga.

—A sus órdenes, capitán —respondió rápidamente Melindai, mientras cuadraba las coordenadas en su antebrazo para dirigir la bomba de gas hacia las Svéhlavý quienes, al recibirla por sorpresa e inhalar aquella verde cortina de humo, cayeron en un profundo sueño casi al instante.

—Zona asegurada, capitán. Las lecturas térmicas confirman a los tres cuerpos en reposo.

—Perfecto, Melindai. Llama al vehículo ligero, tomemos a estas y larguémonos de aquí.

—A la orden, capitán —respondió rápidamente Melindai mientras se comunicaba con el vehículo, el que al escucharla se puso en movimiento para recogerlos y llevarlos al campamento donde comenzaría el interrogatorio.

Fecha de navegación estelar (3 Tri'c más tarde):
13Tlo't 3Flo't 6Clo't 9Nu'k 8Du'k 2Me'k 5Ke'k DP.
Ubicación intergaláctica específica actual:
paradero desconocido, Planeta Sikugwirizana
Última ubicación intergaláctica conocida:
Poblado desconocido, Planeta Sikugwirizana

—Tiempo de despertar, corazón —gritó con fuerza Maliseche mientras abofeteaba a una Svéhlavý, la cual se encontraba completamente encadenada a una roca dentro de una oscura cueva—. Vamos... llevo cerca de treinta ti'p tratando de despertarla —exclamó Maliseche en una exhalación mientras volteaba hacia Melindai, momento en el cual la clon abrió los ojos y gritó con todas sus fuerzas—: ¡Larga vida a Anselý!

Sin embargo, nada sucedió.

—Buen intento —dijo Maliseche entre risas mientras aplaudía—. Pero...

—¡Larga vida a Anselý! —volvió a gritar la eufórica Svéhlavý, interrumpiendo las palabras de Maliseche, quien se acercó y la abofeteó una vez más.

—No funciona, pedazo de basura. Ahora cállate y escucha...

Antes que Maliseche pudiera terminar la oración, una vez más fue interrumpido por las palabras de la clon quien, insistente, gritó desesperada:

—¡Larga vida a Anselý! ¡Larga vida a Anselý! ¡Larga vida a Anselý! Larga vida...

—¿Terminaste? —preguntó Maliseche mirando fijamente a los ojos de la Svéhlavý mientras se acercaba. Una vez estuvo lo suficientemente cerca, esta volvió a gritar con euforia.

—¡Larga vida…!

Esta vez fue rápidamente silenciada por un fuerte puñetazo que rompió su nariz, gracias al cual la clon dejó de repetir la decidida consigna de autodestrucción y comenzó a hablar rápidamente aunque algo ahogada por el flujo sanguíneo.

—Bien, mejor así. A las anteriores les costó un poco más comprenderlo; la primera fue un ensayo y error para aprender a bloquear sus frecuencias —comentó Maliseche mientras se limpiaba la mano y giraba a Melindai para preguntar—: ¿Entiendes algo, Meli?

—Negativo, capitán. Está hablando el mismo dialecto que escuché por mis ojos en el pueblo.

—Comprendo… Dime…, puedes hacer un látigo, ¿cierto?

—Afirmativo, capitán, incluso puedo elegir la densidad del material.

—Perfecto, pues hoy aprenderás a interrogar. Quedé exhausto con la anterior, así que haz el látigo más horrible que tu imaginación te permita y comienza a darle azotes a nuestra invitada en los puntos más sensibles que tenga expuestos.

—A la orden, capitán —respondió Melindai mientras, de la palma de cada mano, brotaba un látigo diferente con el cual, de manera rápida y precisa, comenzó a torturar a la Svéhlavý, deteniéndose cada cierto tiempo a la orden de Maliseche, quien a pesar de los esfuerzos por obtener algo de información, obtenía solo palabras indescifrables.

—Llevo varios tri'c analizando cada palabra que brota de su boca, capitán —indicó Melindai, luego de incansables tri'c de tortura—, y para este tiempo ya debería de poder comprender lo básico de este dialecto, el cual pareciera como si no se basara en ninguno conocido, o registrado alguna vez. Sin embargo, cada vez que abre su boca para hablar, pareciera que dice palabras nuevas.

—¿Pareciera? —preguntó Maliseche intrigado.

—Sí, tengo registro de cada palabra que dice, pero algunas están dichas hasta de veinte maneras diferentes. Es como si cada vez que hablara su lenguaje evolucionara de alguna manera. Además, cada vez que habla, el orden de estas cambia completamente, generando patrones nuevos, los cuales no me permiten trazar referencias claras.

—Comprendo... —balbuceó pensativo Maliseche mientras salía de la cueva, para una vez afuera gritar—: ¡Vamos, Melindai, se acabó el interrogatorio!

—Aún no conseguimos nada, capitán —protestó Melindai rápidamente mientras seguía a Pagtukod, quien, entre risas, respondió confiado al subir a su vehículo.

—Y tampoco lo haremos, Melindai.

—¿Cómo puede estar tan seguro? —preguntó la IA mientras Maliseche se ponía en marcha.

—Es sencillo, querida mía —respondió al cabo de unos ti'p Maliseche, quien parecía no ir muy aprisa—. Escucha atentamente —prosiguió Pagtukod con clara soberbia mientras, desde la cueva, se escuchaba una estruendosa explosión.

—¿La explosión?

—Efectivamente, Melindai. Estas clones no eran más que señuelos, trampas programadas para cumplir con ese cometido.

—¿Explota... hacernos explotar...? —interrogó

Melindai mientras Pagtukod aceleraba a su máxima potencia.

—¿Cuántas frases que parecían tener sentido alguno se repiten en lo que ellas hablaban, pero que al tratar de ver contextos no tiene coherencia?

—Creo que es una pregunta retórica, por lo cual comprendo que no es útil que le dé un número exacto, el cual tengo, sino más bien simplemente responder... muchas...

—Bien, Melindai, dos de dos —dijo Maliseche mientras disminuía la velocidad a medida que se acercaba al campamento.

—Pero... —susurró confundida la IA mientras llegaban al campamento, donde Maliseche descendió de su vehículo y prosiguió.

—Ellas no decían nada, Melindai. Les hicieron aprender cada absurda palabra inventada y unirlas, haciéndonos creer que hablaban algo solo para tener la necesidad de querer interrogarlas, acercarnos y... ¡BUM! —gritó Maliseche—. Piénsalo, todo fue demasiado fácil. Si pudieron hackear la máquina más avanzada de la galaxia, ¿por qué entregar su ubicación casi exacta? ¿Por qué nos estaban esperando? ¿Por qué tenían vehículos esperándolas para huir? Y si sabían que iríamos, ¿por qué huir por un camino donde claramente pudimos ser aniquilados, pero en vez de eso fuimos atacados por extrañas explosiones que parecían muy bien calculadas?

—Nos estaban poniendo a prueba... —dedujo Melindai mientras tomaba asiento, algo sorprendida.

—Y por lo visto, pasamos todas sus pruebas, pues seguimos vivos. Sin embargo, ellos no nos estaban poniendo a prueba a nosotros en plural, solo había un atacante en el pueblo, lo que significa que ellos esperaban solo a una persona.

—Y nosotros le dimos más información de la que ellos tenían.

—Es una posibilidad, así como también el hecho de que sí supieran de ambos, pero solo estuvieran interesados en las habilidades de uno.

—Y ahora… ¿qué sigue? —preguntó Melindai mientras se ponía de pie y se acercaba a Maliseche, quien respondió con una irónica sonrisa en el rostro:

—Sencillo… Ahora reclamamos el premio.

—¿Y cómo hacemos eso? —preguntó Melindai completamente confundida mientras Maliseche activaba su casco.

—Volvemos al comienzo, querida mía, por lo que ahora requiero tu forma bestial. Puede que el tiempo sea otra prueba y ya perdimos suficiente tiempo con esas inútiles clones. Además, ya aprendimos que eres mucho más rápida que mi vehículo.

—Sí, capitán —respondió Melindai, adquiriendo su forma animal. Maliseche una vez más montó en su lomo para partir al pueblo, a una velocidad incluso mayor a la que habían experimentado la última vez.

—¿Esta sí es tu velocidad máxima? —preguntó Maliseche, intrigado, al ver que en cosa de pocos ti'p ya se encontraban en el desconocido pueblo.

—Estimo que es un 70% de la capacidad máxima, capitán —argumentó por el auricular Melindai mientras disminuía la velocidad al llegar al poblado—. Según mis cálculos en esta forma, soy aún más rápida.

—Me parece excelente —respondió Maliseche, algo pensativo.

—Me alegra que sea un dato satisfactorio para usted, capitán. Ahora, ¿cómo procedemos?

—Sencillo, solo camina con calma por el pueblo hasta llegar a la vivienda donde se encontraban las Svéhlavý.

—A la orden, capitán —pudo escuchar Maliseche mientras entraban tranquilamente al pueblo, donde de la misma manera que había sucedido la última vez, parecía que a nadie le importaba su presencia. Hasta que finalmente llegaron a la pequeña construcción de donde salieron las clones. Pagtukod entró solo y con total confianza, encontrando nada más que una mesa, y una pequeña caja sobre esta.

—¿Qué encontró, capitán? —preguntó rápidamente la IA retomando su forma de combate.

—Solo una caja, Melindai.

—Podría ser una bomba —susurró Melindai mientras Maliseche salía de la pequeña construcción y abría tranquilamente la caja para encontrar nada más que lo que parecía ser un cristal de memoria complejo.

—Jamás había visto o tenido uno de estos en mis manos —comentó sorprendido Maliseche.

—¿Un cristal de memoria complejo? Según mis registros están prohibidos y descontinuados, capitán.

—Para los mortales, mi querida Melindai. Estos cristales fueron creados por una raza de inmortales, los seres más cercanos a lo divino, incluso llamados dioses que cansados de la vida, decidieron trascender y almacenaron todas sus memorias de tiempos impensables en estos cristales. Solo ellos tenían autoridad para portarlos, y no es que estén descontinuados, es solo que su creación fue limitada a uno por inmortal. Escuché muchos rumores sobre estos cristales, como que cada color tiene un significado diferente.

—¿Y qué significa este, capitán? Es completamente negro.

—Según los rumores es imposible llenar uno de estos cristales, solo la memoria en conjunto de todos los inmortales podría llenarlos y volverlos... negros...

—Felicidades, capitán Pagtukod Maliseche —se escuchó entre el conglomerado de pobladores que se comenzaban a acercar y reunir alrededor de Maliseche y Melindai, quienes rápidamente activaron sus armas y apuntaron sin saber realmente a lo que apuntaban.

—Tranquilos, no se alteren —se pudo escuchar desde otra dirección.

—Las armas no son necesarias —se escuchó de otra voz.

—Teníamos nuestras dudas, la verdad —escucharon de uno que estaban frente a ellos.

—Pero incluso superó el tiempo estimado —dijo el que estaba a su lado.

—Ahora las pruebas ya terminaron —escucharon de otra dirección.

—Y usted, capitán, pasó con honores...

—¿Quiénes son ustedes? —preguntó Maliseche interrumpiendo, completamente confundido.

—A quién estabas buscando —aseguró otra voz.

—Soy el doctor Saito Deb y lo estábamos esperando —se escuchó al unísono.

Fecha de navegación estelar:
13Tlo't 3Flo't 6Clo't 9Nu'k 8Du'k 2Me'k 5Ke'k DP
Ubicación intergaláctica específica actual:
Interior planeta Fena
Última ubicación intergaláctica conocida:
Irrelevante

—Señor Gahum... —interrumpió una voz a través del intercomunicador sobre el escritorio del cansado za'tezawo, la cual, antes de que pudiera proseguir, fue interrumpida.

—Dile que lo estoy esperando.

—A la orden, señor —expresó la voz mientras la extraña puerta se comenzaba a abrir.

—Un gusto volver a verte, joven Walay-gahum —expresó Kuds, ingresando en el lugar—. Y, por supuesto, es un placer por fin conocerle, señor Néphritel-gahum —cerró con una ligera reverencia.

—El placer es todo tuyo —gruñó despectivo y arrogante el imponente za'tezawo.

—Pues le traigo buenas noticias...

—De no ser así, no estarías aquí, Kuds —gruñó incómodo Walaga.

—Sí... sí... pues... Verá, todo ha salido según el plan, señor.

—¿Encontraron al doctor?

—Efectivamente, señor...

—Desplieguen las tropas —ordenó el za'tezawo—. Recuperen a la híbrida GN-I para su reprogramación, traigan al doctor Deb con vida y destruyan todo lo demás...

—Padre... —interrumpió Walaga—. ¿Qué sucederá con Maliseche?

—Tal vez para este preciso momento ya sepa demasiado...

—¿Qué quieres decir?

—¿Qué no lo entiendes, Walaga? —espetó molesto Néphritel-gahum—. ¡Se acabó! —prosiguió, poniéndose de pie—. En este punto, ese defectuoso Pagtukod ya no nos sirve... ¿queda claro?

—Sí, padre... —dijo entre dientes el peludo político.

—Ahora —musitó, clavando sus garras sobre la espalda de Kuds—, quiero que sigan mis órdenes al pie de la letra y quiero que lo hagan ¡ya! —gritó empujando al pequeño za'tezawo fuera de su oficina.

—Padre...

—¿Qué sucede, Walaga?

—Hasta ahora he llevado a cabo todas tus órdenes... —señaló—, incluso creo que con el tiempo llegaré a aceptar el no haber tenido el coraje para detenerte de matar lo más cercano que tenido a un hermano... pero... no puedo dejar de preguntarme... ¿Es realmente este el camino correcto? Las simulaciones muestran un alto nivel de fracaso en el proyecto de neuro-control... Creo... que tal vez no valga realmente la pena el peligro que esto pueda representar para la galaxia... El despertar de...

—Ten fe, hijo mío —interrumpió Néphritel-gahum mientras acariciaba la cicatriz de su ojo—. He invertido todo lo que tengo y esperado mucho en fin de lograr nuestro objetivo... Sabemos que los riesgos son inevitables... Pero mientras más cerca del final estamos, más duras son las decisiones que tomamos, y la vida de Maliseche no es más que otro gran sacrificio en esta empresa...

—Padre…

—Ya estamos cerca de cumplir el primer paso y traer a tu madre de regreso, hijo… —expreso el za'tezawo, retirando su brazo mecánico—. Solo recuerda… que en este momento… eso es todo lo que importa.

Continuará…

Escala de ciclos espaciales, «Ciclos Panahon».

Mi'p   => Unidad de tiempo base creada para amortiguar la relatividad del tiempo existente en el universo, calculada por 3.000.000 de oscilaciones de la radiación emitida por un electrón de una partícula de Bulanzu (Bz) al saltar del primer al segundo orbital.

Ti'p	=>	60 mi'p
Tri'c	=>	60 ti'p
Ke'k	=>	33 tri'c
Me'k	=>	5 ke'k
Du'k	=>	4 me'k
Nu'k	=>	10 du'k
Clo't	=>	10 nu'k
Flo't	=>	100 nu'k /10 clo't
Tlo't	=>	1000 nu'k / 10 flo'k

1 Me'k está compuesta por 5 ke'k clasificados respectivamente como => Lefi – Dolu – Mube – Lumo – Sula

Agradecimientos

Mucho tiempo me ha tomado llegar a este punto, más incluso del que me hubiera gustado, sin embargo, ha sido un camino maravilloso aunque lleno de obstáculos, enfermedades, y constantes desilusiones por parte de aquellos que en algún momento creía un apoyo, muchos de estos, afortunadamente se desvanecieron en el camino, no así, muchos otros que se mantuvieron allí desde el principio, de igual manera como algunos florecieron durante el trayecto.

Mi primer y eterno agradecimiento, aunque tal vez poco se los menciono, es a mis progenitores: Elsa Castillo, quien me diera la vida y el carácter para no rendirme, y Santiago Cuevas, quien no solo me entregó su paciencia, sino también me dio a su modo un apoyo incondicional para volver el sueño realidad. A ellos les debo la vida y el quien he podido llegar a ser y tal vez en quien espero convertirme.

Agradezco también de manera dichosa a Andrea Muñoz, aquella mujer que durante este tiempo ha sabido soportarme y apoyarme, incluso si fuera con una simple taza de té o un exquisito pastel, fue ella quien llenó mi estómago durante largas jornadas nocturnas de ardua escritura y edición.

A mis hermosas primas Javiera y María José Canales quienes no siempre comprendieron mis locuras, pero siempre las soportaron y muchas veces rieron con ellas, recordándolas con gran cariño y más de alguna vez las apoyaron tanto como pudieron.

Y como olvidar a los amigos:

A Carlos Marchant, quien fue aquel que ayudara a dar vida en sus primeros pasos a este texto que tienen en sus manos.

A Carlos Muñoz, quien ha soportado más de alguna vez mi mala suerte.

A Michel Deb, quien [Agradecimiento completo en el correo]

A José Canales, quien de maneras muy gráficas, logra constantemente comprender aquellas visiones de mi estrafalaria mente.

A Martha Larraguibel, quien a pesar de los malos ratos, no dudó en apoyar este sueño y hacer lo poco que estuviera a su alcance para ayudar.

Y aquellas personas que me regalaron algo de su tiempo para dar una crítica o reflexión sobre mis letras.

No dejo atrás además un agradecimiento especial a Karla Molina López, pues fue ella quien en mi peor momento me entregó llena de amor, mi primera pluma y diario, objetos que tal vez sin saberlo, me permitieron la confianza para retomar este olvidado camino y creer una vez más en mí, a ella le debo, "el primer paso".

La fantasía nunca arrastra a la locura;
lo que arrastra a la locura es precisamente la razón.
Los poetas no se vuelven locos,
pero si los jugadores de ajedrez.

Gilbert Keith Chesterton

www.ingramcontent.com/pod-product-compliance
Lightning Source LLC
Chambersburg PA
CBHW051442130726
47987CB00005B/2156